后浪

假面的自白

[日]三岛由纪夫 著

竺祖慈 译

漓江出版社
·桂林·

图书在版编目（ＣＩＰ）数据

假面的自白 /（日）三岛由纪夫著；竺祖慈译 . --
桂林：漓江出版社，2022.1
ISBN 978-7-5407-9136-0

Ⅰ.①假… Ⅱ.①三… ②竺… Ⅲ.①长篇小说—日
本—现代 Ⅳ.①I313.45

中国版本图书馆 CIP 数据核字 (2021) 第 158799 号

假面的自白
JIAMIAN DE ZIBAI

作　　者	［日］三岛由纪夫	译　　者	竺祖慈
出 版 人	刘迪才	出版统筹	吴兴元
编辑统筹	周　茜	责任编辑	林培秋
特约编辑	许明珠　袁艺舒	装帧设计	墨白空间·陈威伸
责任监印	黄菲菲		

出版发行	漓江出版社有限公司	社　　址	广西桂林市南环路 22 号
邮　编	541002	发行电话	010-65699511　0773-2583322
传　真	010-85891290　0773-2582200	邮购热线	0773-2582200
电子信箱	ljcbs@163.com	微信公众号	lijiangpress

印　制	嘉业印刷 (天津) 有限公司	开　本	889 mm × 1194 mm　1/32
印　张	7.5	字　数	110 千字
版　次	2022 年 1 月第 1 版	印　次	2022 年 1 月第 1 次印刷
书　号	ISBN 978-7-5407-9136-0	定　价	56.00 元

美是一种可怕的东西！可怕是因为无从捉摸。而且也不可能捉摸，因为上帝设下的本来就是一些谜。在这里，两岸可以合拢，一切矛盾可以同时并存。兄弟，我没有什么学问，但是我对于这些事情想得很多。神秘的东西真是太多了！有许许多多的谜压在世人的头上。你尽量去试解这些谜吧，看你能不能出污泥而不染。美啊！我最不忍看一个有时甚至心地高尚、绝顶聪明的人，从圣母玛利亚的理想开始，而以索多玛城[1]的理想告终。更有些人心灵里具有索多玛城的理想，而又不否认圣母玛利亚的理想，而且他的心还为了这理想而燃烧，像还在天真无邪的年代里那么真正地燃炽，这样的人就更加可怕。不，人是宽广莫测的，甚至太宽广了，我宁愿它狭窄一些。鬼知道，究竟是怎么回事，真是的！理智上认为是丑恶的，

---

1. 索多玛城，《旧约·创世纪》中记载的罪恶之城，后为神所灭。（本书注释均为译注）

1

感情上却简直会当作是美。美是在索多玛城里吗？……

……可是话又说回来，谁身上有什么病，谁就忍不住偏要说它。

——[俄] 陀思妥耶夫斯基　《卡拉马佐夫兄弟》[1]

1. 出自《卡拉马佐夫兄弟》第一部第三卷第三章《热心的忏悔（诗体）》，耿济之译，译林出版社，二〇一二年四月版。

第一章

长久以来，我一直坚持认为看过自己出生时的情景。每当说出这话，大人们便笑了，最后他们又都担心自己是否受到愚弄，便以略带憎恶的目光，望着我这苍白的孩子脸，这脸却又不像孩子。如果这话是在生客面前说出的，祖母担心我难免会被视为白痴，便会厉声打断我的话，令我去别处玩。

那些嘲笑我的大人，通常会试图以某种科学理论来说服我，比如：刚出生的婴儿还睁不开眼，即便睁眼看，也不可能有清晰的观念留存记忆之中。为使孩童的心灵能够接受，他们细致解说，那副劲头多少有点做戏的感觉，这已成为一种定式。当我显出一副深表怀疑的样子时，他们便会摇着我瘦弱的肩膀要我确认，这时他们便好像意识到自己差点儿上了我的当，觉得不可因我是孩子就对我不设提防，心想："这家伙一定是设套想知道'那件事情'，如果是的，何不采用更加孩子式的天真方式来问呢，比如：我是从哪里生的，是怎么生的？"最后的结果就是他们放弃了说服我的想法，不再说话，显出一种阴湿的浅笑，远望着我，恰似内心受到了莫名的伤害。

其实他们想多了，我无意探问"那件事情"，何况我非常害怕伤害大人的心，绝无可能产生什么设套之类的策略。

不管他们怎么说服我或是对我一笑置之，我仍一味相信那种见过自己出生场景的体验。那或许是来自当时在场者对我的叙述所留给我的记忆，又或许是出自我随意的幻想，但唯有一处我只能觉得是自己亲眼所见。那就是一个盛热水的产盆盆边。那是一个崭新的木盆，木质光滑，从内侧看过去，盆边微微发光，发光处的木质亮得似黄金所成。盆中的水晃荡着，像是要去舔那发光处，却又无法够到。盆边下方的水由于反射抑或是光的直射，在柔和的光线下，细小的光波不断地互相碰撞。

——对这记忆最有力的反驳是：我的出生时间并非

白天而是晚上九点，不会有日光照进。那么会不会是电灯光呢？即使我被这样嘲弄，也仍不难走向一条悖理的思路：哪怕是半夜，那水盆的某一特定处也并非不会有日光照进。于是那光线闪动的盆边，便作为我所亲见自己出生后泡在盆中热水时的情景，多次摇曳在我的记忆之中。

我生于震灾[1]后的第三年。

在我出生的十年前，祖父因任殖民地长官期间的一桩疑案而代部下受过（我并非在此卖弄辞藻，在我的半生当中，尚未见过有人像祖父那样对人怀有一种愚昧的完全信赖）。他辞职后，我家以一种几乎像哼着小调似的轻松速度走了下坡路，庞大的债务以及抵押、房产的变卖，还有一种随窘迫而生并如阴暗的冲动般日益旺盛的病态虚荣——于是一处风气不佳的街角的旧出租屋便成了我的诞生地，这里有装腔作势的铁门和前庭，还有

---

1. 震灾，指一九二三年九月一日上午发生的日本关东大地震。

面积大如近郊教堂般的西式房间。从坡上看，这是一幢二层建筑，而从坡下看则成了三层。房子给人的感觉是古朴、阴郁、错杂而又盛气凌人。这里有很多阴暗的房间，还有六位女佣。包括祖父、祖母、父亲、母亲在内的十口人就起居于这座像旧衣橱般嘎吱作响的房子里。

祖父的事业欲望与祖母的疾病及浪费癖是全家烦恼的根源。被一些来路不明的趋附者带来的图纸所诱惑，祖父怀着黄金梦屡屡远行。出身世族的祖母对祖父憎恨而轻蔑。她狷介不屈，具有某种疯狂色彩的诗魂。头痛的痼疾，迂回而确实地侵蚀着她的神经，同时又给她的理智增添了无益的明晰。谁又知道，她持续至死的狂躁发作，竟是祖父壮年时代罪过的遗孽。

父亲在这房子里迎娶了柔弱美丽的新娘——我的母亲。

一九二五年一月十四日的早晨，阵痛袭击了母亲，是夜九时，一个约二点四公斤重的婴儿诞生。在出生第七天的晚上，我被穿上法兰绒汗衫、乳白色的纺绸内衣和碎白点花纹绉绸和服。祖父当着全家人面把我的名字写在奉书纸[1]上后搁进三宝[2]，然后放在壁龛上。

我的头发一直是金色的，在不断涂抹橄榄油的过程中才变黑。父母住在二楼，在我出生后第四十九天，祖母以在二楼养育孩子太危险为由，把我从母亲手中夺走。从此我便生活在祖母那间终日紧闭、弥漫着疾病和衰老气息的病室中，在一张紧靠她病床的床上被养育长大。

将近一岁时，我从楼梯的第三个台阶滚下并伤了额头。当时祖母外出看戏，父亲的堂兄妹和我母亲都想趁机热闹一下，母亲突然去二楼取物，我跟在后面，被长及地面的和服衣裾绊倒滚落。

祖母被从歌舞伎剧场叫了回来，站在玄关处，用右手中的手杖支撑着身体，凝视着出来迎她的父亲，以意外沉着的态度一字一顿地说：

"已经死了吗？"

"没……没有。"

---

1. 奉书纸，用桑科植物纤维所制的高级白纸。

2. 三宝，带座的白木四角方盘，座的三面有装饰孔，用于盛载向神佛或贵人所献供品。

祖母踏着巫婆般坚信的脚步进了家门……

五岁那年的元旦早晨，我呕吐出了红咖啡似的东西，主治医师来看后表示不能保证有治，并给我打了强心剂和葡萄糖，插得我宛如针包一样。我的手腕和上臂都没了脉动，两小时后，人们看到了我的尸体。

白寿衣以及我生前喜爱的玩具都搜罗来了，家族全体成员齐聚一堂。又过了一小时，我排尿了，母亲的博士哥哥说"有救了"，并说这是心脏开始跳动的证据。少顷，我又排了尿，朦胧的生命之光徐徐复现在我的脸颊。

那次的病症——自体中毒——便成了我的痼疾，每月或轻或重地发作一次，并有多次处于危笃状态。我已能从病魔朝自己逼近的脚步声中，凭意识辨识出自己与死神之间的距离。

最初的记忆就是从那时开始的，那记忆以一种异常明晰的影像困扰着我。

我已不知牵着我手的是母亲、护士、女佣还是婶母，也分不清是在什么季节。午后的阳光昏浊地照着坡路周围的一幢幢房子，我被那不知是谁的女人牵着爬坡回家。迎面有人下坡过来，女人用力拽我站住让路。

我曾多次复习、强化和聚合这段影像，每次它都会附加新的意义，因为在模糊不清的周围情景中，唯有那"下坡的来者"的形象带着某种不应有的精确性，也正因如此，这成了我最初的纪念性影像，不断地困扰和威胁着我的半生。

下坡而来的是一年轻人，挑着两个粪桶，头上裹着肮脏的毛巾，有着一张美丽健康的面孔和一对闪闪发亮的眼睛，踏着重重的步伐。那是一个淘粪工，一个干脏活的人。他穿着胶底布袜和藏青色紧身裤。五岁的我以异常专注的眼神看着他的身影。虽然不能确定其中的意义，却能感觉到那是某种力量最初的启示。某种奇怪的晦暗的声音在呼唤着我，它以污秽职业人的形象初现，应是有着寓喻之义，因为粪尿是大地的象征，呼唤我的无疑是"根"之母一种带有恶意的爱。

我预感到这个世上有着一种火辣辣的欲望。我仰脸看着这肮脏的年轻人，被一种"我想成为他""我想就是他"的欲求紧缠。我能清晰地忆及这种欲求具有两个重点，一是他的藏青色紧身裤，一是他的职业。藏青色紧身裤明显地勾勒出他的下半身轮廓。他的下半身动作敏捷，让我感觉是在奔我而来。我对那紧身裤生出不可言喻的倾倒，却又不知原因何在。

他的职业——在刚懂事的时候，其他孩子都立志成为陆军大将，而我却泛起要做淘粪工的憧憬，其缘由虽似可归于那藏青色的紧身裤，却又绝不仅限于此。这个主题在我的内心中强化、发展，并呈现出一种特异的展示。

之所以这么说，是由于我因他的职业而产生了对于某种悲哀的憧憬，这种悲哀强烈而揪心。我从他的职业感觉到了一种极具悲剧感的意味，产生了某种挺身而出、不管不顾、飞蛾扑火以及虚无与活力惊人混合的感觉，这些感觉喷涌而出，追击着五岁的我并俘获了我。我也许误解了淘粪工的职业，也许是听人说过其他职业的情况，然后因为他的服装误认为他从事的是我听说过的职业，强把这些感觉嵌合于他的职业，否则就无法解释我的这些感觉了。

之所以这么说，是因为与这种情绪相同的主题不久就向花电车[1]司机和地铁站检票员身上转移了，他们让我强烈地感受到一种我所不知而且被我认为自己永远无缘参与的"悲剧式生活"。尤其是地铁站检票员，当时弥漫在地铁站内那种口香糖或薄荷之类的味道，再加上他们蓝制服胸前的那排金纽扣，很容易促人产生"悲剧性"的联想，生活在这种气味中的人们会使我无端地有一种"悲剧性"的感觉。凡在我的官能所追求而自己又被拒之门外的场所发生的与我没有关系的生活、事件及人物，都会被我定义为"悲剧性"的东西。我因被他们拒之门外而悲哀，这种悲哀总是会转化到他们以及他们的生活之中而让我产生空想，我似乎是要努力通过自身的悲哀而参与其中。

如此说来，我所感觉的"悲剧性"的东西，也许不过是因及早预感自己会被拒之门外而产生的悲哀的一种投影罢了。

---

1. 花电车，庆典、纪念日或游行时用花或彩色灯泡装饰的电车。

还有一个最初的记忆。

我六岁时已能读写，既然那册绘本上的字还不认识，那就应该是五岁时的事情了。

那是当时我有数的几册绘本中特别的一册，其中唯一的一幅跨页插画尤受我偏爱，只要盯上它，我就会忘却午后的漫长和乏味，而且一有人来，我就会心虚地慌忙翻到其他页面。护士和女佣的看护让我烦不胜烦，我希望自己能过一种整天盯着此画的生活。翻开这一页时我就心中怦然，而看其他页面时则视若无睹。

那画上是骑着白马举着利剑的圣女贞德，马的鼻孔喷着鼻息，矫健的前腿踢起飞尘，贞德身披的白银铠甲上镶着美丽的纹章。他那俊美的面庞从头盔中露出，威风凛凛地把出鞘之剑挥向蓝天，仿佛是在挑战死亡或是某种凭借不祥之力而在天空飞翔的对象。我相信他将在下一瞬间被杀，如果立刻翻页，可能就会看到他被杀的画面，绘本的画面可能会不知不觉间移向“下一个瞬间”……

但是有一次护士若无其事地翻开那页画面，向在一旁偷窥的我说：

"少爷，你知道这幅图的故事吗？"

"不知道。"

"这个人看来像是男人吧，其实是女人，讲的是她女扮男装奔赴战场为国效力的故事。"

"是女人吗？"

我觉得自己受了打击。明明是"他"，却变成了"她"，若不把这美骑士当作男人而当作女人，那将成何体统（我至今对女扮男装有着一种根深蒂固而又难以解释的厌恶）。我对他的死曾抱有甜美的幻想，而这真相尤其是对我幻想的残酷复仇，像是我人生中初遇的"来自现实的复仇"。日后，我从奥斯卡·王尔德[1]的诗句中发现了他对美骑士之死的赞美：

惨遭杀戮尸横苇蔺之间

美哉骑士

---

1. 奥斯卡·王尔德（Oscar Wilde，1854—1900），爱尔兰作家、诗人、戏剧家。

我从此不再看这册绘本，连碰都不碰。

于斯曼[1]在其小说《彼方》中说，吉尔·德·莱斯[2]那种"容易转变成极其巧致的残虐和微妙的罪恶"的神秘主义冲动，是在他奉法王查理七世之敕担任贞德的护卫并亲睹她种种令人难以置信的事迹后形成的。对于我来说，也是这位奥尔良少女让我得到了相反的机缘，一种令我反感的机缘。

还有一个记忆。

那就是汗味。汗味驱动着我，勾起我的憧憬，支配着我……

我若侧耳细听，便能听到一种浑浊而又极其细微的声音，那单纯而又哀切得不可思议的歌声越来越近，时而掺杂着喇叭声，似在催促着我，让我拉着女佣的手，

---

1. 于斯曼（Joris-Karl Huysmans，1843—1907），法国作家。
2. 吉尔·德·莱斯（Gilles de Rais，1404—1440），英法百年战争时期的法国元帅，曾是圣女贞德的战友。性格残忍。于斯曼的小说《彼方》以他为主人公。

催她赶紧抱我去门口站着。

操练归来的军队经过我家门口，我总是盼着从喜爱孩子的士兵那里得到几个空弹壳。由于祖母怕危险而不许我讨要弹壳，于是我的期待便又增添了一种秘密的乐趣。钝重的军靴声响、肮脏的军服以及肩上所扛的枪，无不足以让孩子倾倒。可是魅惑着我并促使我乐于向他们讨要弹壳的动机，却仅仅是他们的汗味。

士兵的汗味有如海风一般，又似黄金铸就的海岸上的空气，冲击着我的鼻孔，令我陶醉。这也许就是我对气味的最初记忆。这气味固然并非直接与性的快感有关，却在我的心中徐徐而又根深蒂固地唤醒了一种官能的欲求，想去追寻士兵们的命运、他们职业的悲剧性、他们的死以及他们理应看到的遥远国度。

……我人生中最先遇到的就是这些异形幻影，它们从一开始就以一种精心设计的完整性出现于我的眼前，简直无所欠缺。日后我从中去追寻自己意识和行动的源泉时，它们依然无所欠缺。

我自幼对人生所持的观念，从未逸离奥古斯丁[1]式的预定论[2]，虽有多次无益的迷乱使我苦恼，且至今仍使我苦恼，但若把这迷乱看作是一种堕落的诱惑，那么我的决定论[3]就是无可动摇的。若把我一生中所有的不安列成一份菜单，那么这份菜单在我能读它之前就已交给了我，我只需围上餐巾在餐桌旁坐下就行。就连我今天写这奇矫之书，也应已明确记载在菜单之上，我在最初就已见过了的。

　　我的幼年时代是个时间与空间纷纠不清的舞台。诸如从大人们那里听说的火山爆发、叛军蜂起之类的各国新闻，发生在我眼前的祖母的发病以及家中琐碎的纷争，还有方才我所说自己投入其中的童话世界的空想事件，这三者始终被我认为是价值相等、系列相同的东西。对

---

1. 奥古斯丁（Saint Augustine，354—430），古罗马神学家、哲学家。
2. 预定论，基督教的神学理论，认为神依靠自己的旨意预定好了世间万事。
3. 决定论，主张"有其因必有其果"的一种理论。

我来说，这世界并不比积木的构筑更为复杂，而不久后我必须踏入的所谓"社会"，也并不比童话世界更精彩。于是，某种限定便在无意识中产生，而所有的空想从一开始就与这种限定抗争，并透着一种完整得不可思议的绝望，这种绝望自身却又类似于一种热切的期望。

夜里躺在床上，黑暗包裹着床的周围，我在黑暗的延长线上看到了灿然的都会，它具有一种奇妙的寂静，而又充满了光辉和神秘。去访那里的人们，脸上一定会盖有一个神秘的印记；深夜归家的大人们，他们的言语举止中都会留有某种暗语或共济会[1]式的色彩；而且他们的脸上都会带有一种闪闪发光、令人惮于直视的疲劳，让人觉得像是那种会在手上留下银粉的圣诞假面，手若触及他们的脸，就会明白那是夜都给他们涂上的色彩。

终于，我看到了"夜"在我的眼前揭开了帷幕，那就是松旭斋天胜[2]的舞台。（那是她难得的在新宿剧场的

---

1. 共济会，源于中世纪欧洲的石匠和教堂建筑工匠的行会，具有神秘色彩。

2. 松旭斋天胜（1886—1944），日本著名的女魔术师。

演出。几年后我在同一剧场看了一个叫但丁的魔术师表演，那舞台比天胜的舞台大几倍，但无论是这位但丁还是万国博览会上的哈根贝克马戏团，都不及最初天胜带给我的惊愕。）

她那丰腴的肢体裹着《启示录》中大淫妇的那种衣裳，在舞台上悠然漫步，她那种魔术师特有的亡命贵族式做派，那种沉郁的魅力，那种女中丈夫式的举止，竟与那身亮晶晶的廉价赝品衣饰以及女浪曲¹师式的浓妆和遍及足趾的白粉、人工宝石做成的瑰丽手镯等显示出一种忧郁的协调，或毋宁说那些原本让人感觉不协调的荫翳的肌理细处，反倒带来一种独特的谐和感。

对于"想成为天胜"的愿望和"想成为花电车司机"的愿望，我依稀知道两者之间有着本质的差异，最显著之处在于：前者可谓全无那种对于"悲剧性"的渴望。我对自己想成为天胜的希望，不曾有过那种分不清是憧憬还是内疚的焦灼。然而有一天，我还是强捺内心的慌乱，

1. 浪曲，江户时代在日本流行的一种民间艺术形式。

潜入母亲的房间，打开了衣柜。

我从母亲的和服中抽出了最繁复、华丽的一件，把绘有绯色玫瑰油画图案的腰带学土耳其大官似的绕在身上，用绉绸的包袱布裹头，站在镜前一看，觉得这即兴的头巾装扮恰似《金银岛》[1]中登场的海盗。我因狂喜而涨红了脸，却又觉得还有很多事要做。我的一举一动乃至手指脚趾都必须具有神秘感才行。我把小镜子插进腰带间，在脸上薄施白粉，然后把棒状的银色手电筒和老式镀金钢笔等举凡炫目之物都带在身边。

我就以这模样一本正经地冲向祖母居室，抑制不住又好笑又欢喜的心情，叫着"天胜，我是天胜"，在祖母房间绕圈奔跑。

在场的有病床上的祖母，还有母亲、某位来客和照料病人的女佣。我全然无视他们的存在，我的狂热集中于自己扮演的天胜被众人注目这一意识，也就是说我的眼中只剩下自己。可是偶然间我看到了母亲的表情，她

---

1. 《金银岛》(*Treasure Island*)，英国作家史蒂文森的冒险小说。

的脸色微微发青，神色茫然地坐着，一旦与我的目光接触，立刻垂下自己的眼帘。

我顿有所悟，泪水渗了出来。

此时我理解了什么，或是被迫理解了什么？难道是日后那个"悔恨先于罪恶"的主题先在这里暗示了它的端倪？又抑或是我从中接受了教训，懂得置身宠爱之中时自己的孤独将会何等不堪，同时我又从另一面学到了自己对爱的拒绝方式？

——女佣抓住我，把我带到别的房间。我这身大逆不道的伪装瞬间被剥下，好似一只被薅了羽毛的鸡。

我的扮装欲因开始看电影而越来越强烈，明显地持续到十岁时。

一次我和在我家打工的工读生一起去看音乐片《弗拉·迪阿沃罗》[1]，饰演迪阿沃罗的演员所穿袖口带长蕾

---

1. 《弗拉·迪阿沃罗》（*Fra Diavolo*），原作是以十九世纪意大利的泰拉奇纳附近的乡村为背景，以土匪弗拉·迪阿沃罗为主角的歌剧（又译《魔鬼大哥》）。电影据此改编。

丝的宫廷服令我难忘。我说自己想穿那样的衣服，想戴那样的假发，工读生一听就笑了，笑得很轻蔑，可是我却知道他常在女佣的房间装成八重垣姬[1]，给女佣们逗乐。

自天胜之后令我着迷的是埃及艳后。某年年底一个下雪的日子，一位熟识的医生因我央求，带我去看了这部电影。因是年底，观众很少，医生把脚翘在椅子扶手上睡了。我独自以贪婪好奇的目光看着，看着坐在古怪的轿子上被众多奴隶抬进罗马的埃及女王，看着她涂满了眼影的眼睑流露出的沉郁眼神，看着她所穿的超自然服饰，还有那波斯毛毯中呈现的琥珀色半裸身体。

然后我就背着祖母和父母（已是带着一种充满罪过的喜悦），热衷于在弟弟妹妹面前乔装埃及艳后。我究竟对这种男扮女装有何期待呢？后来，我从罗马衰亡期的皇帝，那位罗马古神的破坏者，那位颓废的帝王之兽希利伽巴拉[2]身上发现了同样的期待。

---

1. 八重垣姬，近松半二所作歌舞伎"义大夫"狂言《本朝二十四孝》的女主角，歌舞伎的三姬之一。

2. 希利伽巴拉（Heliogabalus，204—222），古罗马皇帝，常公开举行同性恋聚会。

于是，我说完了两种前提，还需在此复述一下。第一个前提是淘粪工、圣女贞德和士兵的汗味，第二个前提是松旭斋天胜和埃及艳后。

还有一个必须说的前提。

我涉猎了孩子能触及的所有神话传说，在此过程中，我不爱女王，只爱王子，尤爱被杀的王子和命遭死亡的王子。我爱一切被杀的年轻男子。

但我还是不明白，为什么在安徒生的许多童话中，唯有《玫瑰花精》里那个美男子给我留下了深刻印象，他在亲吻恋人作为纪念送给他的玫瑰花时，被坏人用刀刺死并斩首。我还不明白为什么在王尔德那么多童话中，唯有《渔夫和人鱼》里那具年轻渔夫的尸骸让我倾倒，他被冲上海滩时还紧抱着人鱼。

当然我也十分喜爱其他适合孩子的东西，喜欢安徒生的《夜莺》以及适合孩子的很多漫画书，但在很多时候，我的心还是无可阻挡地向着死、夜和热血。

我执拗地追逐"被杀的王子"的幻影。谁又能向我解释，把王子们那身曲线毕露的紧身装与他们的残酷之死结合在一起的遐想，何以会给我带来那样的愉悦？有一篇匈牙利的童话，其中用原色印刷且极为写实的插图在很长的一段时间里俘虏了我的心。

画中的王子穿着黑色紧身裤和胸前带着金线刺绣的玫瑰色上衣，深蓝色的披风露出红色的夹里，腰系绿金腰带，头戴绿金头盔，以深红色大刀和绿皮箭筒作为武器。他戴着白皮手套的左手持弓，右手搭在林中老树的梢头，俯视着正准备袭击他的恶龙的那张血盆大口。他的表情坚毅而沉痛，显示出一死的决心。设若这位王子负有屠龙胜利者的命运，他对我的蛊惑应会淡薄许多，然而幸运的是，王子负有死亡的命运。

遗憾的是，这死的命运不够完美。王子为了拯救妹妹并和美丽的女妖王结婚，经受了七次 [1] 死亡的考验。凭着他口中所含宝石之魔力，他死了七次，又活过来七次，直至享有成功的幸福。前面提到的插图是他第一次死亡——被龙咬死——前的情景。此后他又被大蜘蛛抓

---

1. 原文为"七次"，但实际上作者列举了八次死亡。

住并把毒液注入体内，一口口被吃掉，接着溺水而死、被火烧死、被蜂蜇死、被蛇咬死、被投入布满尖刀的深洞而死、被雨点般降落的无数巨石砸死。

"被龙咬死"的情节描写得特别详细。

"龙立刻咔哧咔哧地把王子咬碎。王子被咬成碎片，虽然疼痛难忍，但还是默默忍受。就在他被咬得粉碎时，没想到突然又恢复成原来的身体，从龙的口中飘然而出，身上竟无一处擦伤。那龙当场倒毙。"

此处被我读了百遍，但有一处被我认为是不可忽视的欠缺，那就是"身上竟无一处擦伤"，读到此行文字，我便觉得自己被作者背叛了，作者犯了重大过失。

后来我灵机一动，有了一个发明，就是读到那段时，用手掩住"没想到突然又……那龙"来读，于是这书就呈现出我理想中的模样，变成——

"龙立刻咔哧咔哧地把王子咬碎。王子被咬成碎片，虽然疼痛难忍，但还是默默忍受。就在他被咬得粉碎时，当场倒毙。"

——大人们大概会从这样的剪切中读出某种悖理吧。但是我这个年幼傲慢、易于溺惑于一己之好的审查官，明知"被咬成碎片"与"当场倒毙"两句存在明显的矛盾，却难以舍弃其中任何一句。

　　另一方面，我喜欢幻想自己战死或被杀的状态，但又比常人加倍地恐惧死亡。我前一天刚把一个女佣欺负到哭，第二天这个女佣如果若无其事地带着明快的笑容伺候我吃早饭，我就会从她的笑容中读出各种意味，把这当作带着十分胜算的恶魔微笑。她大概是为了向我复仇而企图毒杀我吧。我的心中因恐怖而翻腾。酱汤里一定下了毒，于是这天早晨我绝不会去碰酱汤。用完早饭站起来时，我会以示威的眼神一次又一次地瞪着女佣，似乎是说："你看到了吧！"这时，我便会觉得她因毒杀阴谋的破灭而沮丧，不愿站起身来，只是遗憾地盯着酱汤发呆，那酱汤已冷，甚至还落着些许灰尘。

　　祖母体恤我的病弱，同时又为了不让我学坏，所以禁止我与附近的男孩一起玩。于是我的玩伴除了女佣、护士，就只有三个女孩，那是祖母从邻居家的女孩中为我遴选的。任何少许的噪声、较响的开门关门声、玩具喇叭声、角力的声音，只要是特别一点的声音，都会引起祖母右膝的神经痛，所以我们的游戏须比普通女孩玩的游戏更安静才行。我倒是更喜欢独自看书、搭积木、画画或是沉入空想。不久，我的妹妹、弟弟相继出世，由于父亲的安排，他们不再像我这样被交给祖母带，而是能像正常孩子那样自由自在地成长，但我并不怎么羡慕他们的自由和放任。

然而若去堂妹家之类的地方玩，情况就不同了，连我也被要求像个"男孩子"。七岁那年早春，我将上小学的时候，我去堂妹——姑且称她为杉子——家时，发生了一个值得记下的事件。那天大伯母连声夸我"长大了，长大了"，带我前去的祖母受了这话的鼓动，破例准我吃了一些那天餐桌上的东西。由于害怕前面提到的"自体中毒"频发，祖母在那年之前就禁止我吃肉色发青的鱼，因此此前对于鱼类，我只知道比目鱼、鲽鱼、鲷鱼这样的白肉鱼，而马铃薯则必须捣成泥过滤后再吃，点心只能吃饼干之类不带馅儿的，水果只能是切成薄片的苹果或少量的橘子。我满心欢喜地吃着初尝的青肉鱼——鲕鱼，那种美味意味着我第一次被赋予了大人的资格，但每思及此我就会生出一种不安，这种"成为大人的不安"

如同一种重负，让我的舌尖感到些微的苦味。

杉子是个健康而充满生命活力的孩子。在她家过夜时，我们同睡一个房间，床靠床，她是头一落枕就如机械关机般立即入睡，我则久久不能睡着，只能带着些许嫉妒和叹赏在一旁看着。在她家我可比在自己家享有数倍之多的自由，因为要把我夺走的假想敌——我的父母——不在这里，所以祖母能够放心地给我自由，无须像在家那样把我限制在她的视线范围内。

但我在这种情况下并不能享受那么多的自由。我像愈后初次走路的病人那样拘谨，好似在被强制履行某种无形的义务，宁可怠惰地赖床不起。在这里我被人无言地要求像个男孩子样，从而开始了违心的表演。在别人眼里属于我演技的东西，对我来说反倒是追求归返本质的表现；在别人眼里属于我天生的东西，恰恰是我的演技。对于这套规律，我从此时开始有了朦胧的理解。

出于这种并非本意的表演，我提议玩打仗游戏。由于玩伴是杉子和另一位堂妹，打仗游戏并不适合，何况她们也没什么兴趣要当女汉子。我之所以提议玩打仗游戏，是出于一种逆反心理，那就是不但不能迎合她们，而且必须稍稍为难她们一下。

薄暮时分，我们在屋里屋外玩着打仗游戏，尽管大家都不大会玩，而且兴趣索然。杉子躲在树丛后用嘴巴发出机关枪扫射的"嗒嗒"声，我觉得必须在这时做个了结，于是跑进家里，看到女兵嘴里"嗒嗒嗒"地叫着追了进来，我捂着胸口倒在客厅中央。

"怎么啦，公哥[1]？"

——两个女兵表情认真地过来。我闭着眼一动不动地答道：

"我牺牲了呀。"

我喜欢想象自己扭着身子倒下的样子，对于自己被枪击身亡的状态有一种难以言喻的快感，甚至认为即使真正中弹，我也不会感到痛苦。

幼年时……

我遭遇了一幅像是幼年期象征的图景，这个图景在

---

1. 作者本名平冈公威。

如今的我看来，就是幼年期本体。看到它时，我就感到幼年时代在挥手向我告别，我内化的时间全部从我的内部升腾，然后被阻挡在这幅画前，准确地模仿画中的人物、动作和声音，在完成这种摹写的同时，原画的情景消失在时间当中，留给我的不过是唯一的摹写品，即我的幼年时代的高仿品。我对此有所预感。无论谁的幼年时代理应都会备有一起类似的事件，只不过一般来说，它往往仅被视作一种无足轻重的现象而不被当作事件，因而在不知不觉间被忽视。

——那情景是这样的：

一次，一群参加夏季祭神活动的人拥进我家。

一方面由于自己腿脚不便，一方面为了孙子我着想，祖母请人策划安排，设法使本地参祭的游行队伍经过我家门口的街道。那本非祭神游行队伍应该走的路线，但由于主事者的安排，游行队伍每年都会特意绕一些路，经过我家门口，这已成惯例。

我和家人站在门前，左右两扇雕有蔓草图形的铁门敞开，门前的石板路清扫干净并洒了水，大鼓声断断续续地传近。

歌词一字一顿的木遣 [1] 悲调穿过祭礼的嘈杂渐渐传来，为这表面的热闹场面宣示一种真正的主题，让人觉得是在倾诉着某种悲哀。这种悲哀来自人类和永恒之间极其卑俗的交会，而这种交会又只能来自某种虔敬的乱伦。起先各种声音纠结成一团，叫人难以辨识，后来不知不觉间就能分辨出其中领头锡杖的金属声、大鼓的点击声以及神舆挑夫杂乱的号子声。我喘不过气来，心在剧烈跳动，几乎站立不住（此时开始，急切的期待带来的与其说是喜悦，莫若说是痛苦）。手持锡杖的神官戴着狐狸面具，这神秘之兽的金色眼睛经过我面前时魅惑般地紧盯着我，我不禁紧攘家人的衣裾，感觉自己随时准备找机会从眼前队伍给我的欢悦中逃脱，因为这种欢悦已近恐怖。我对人生的态度从此时开始就是这样：对于过分期待的东西以及事先被空想过于美化的东西，最终我除了逃遁是别无他途的。

　　其后经过的是杂役所抬的系有稻草绳的香钱箱。当

---

1. 木遣，一种号子类的日本民谣，本在滚运木材时唱，后来在打地基或拉庆典花车时也唱。

孩子们的神舆轻快地蹦蹦跳跳地经过后，庄严的黑金色大神舆往这边过来了。远远望去，神舆顶上的金凤凰像漂在波间的鸟儿，随着喧嚣声晃来晃去，令人目眩，给我一种光怪陆离的不安感。那神舆周围的一小块范围内，充斥着一种热带空气般炙热的无风状态，带着恶意的怠惰在小伙子的裸肩上散着热气。红白的粗绳、涂了黑漆的黄金栏杆，还有那紧闭的金泥神舆门，舆门内有着一片四平方尺的暗黑空间。在初夏不见一片云彩的响晴薄日下，这空空如也的正方体黑夜，不断地上下跃动着公然君临。

神舆来到我们眼前。身穿一色夏季和服的小伙子们露着肌肉，和神舆一起踩着醉步摇了过来。他们的脚步纷乱杂沓，他们的眼睛似乎不在看着地面。一个手拿大团扇的年轻人围着人群奔跑，高叫着鼓动大家起哄。神舆时而摇摇欲倾，但立时又在疯狂的号子声中重新竖立。

这时，似乎是我家大人凭着某种意志的作用，从这看似与往常的游行并无两样的游行队伍中产生了一种直觉。我突然被自己抓着的大人的手往后推，接着是有人叫了一声"危险"。后来就不知发生了什么，我被拉着奔到前庭躲避，然后又从内玄关跑进了家里。

我跟别人跑上二楼，来到露台，屏住呼吸看着如雪崩般拥进前庭的黑色神舆和人群。

此后好长时间我都在思考：是什么力量驱使他们产生如此的冲动？对此我无解。那几十个年轻人是如何能策划好如雪崩般闯进我家的呢？

庭院中的植被遭到了结结实实的践蹋。这是一场真正的祭礼。已被我厌倦的前庭变成了另一个世界。神舆转遍了这里的每一个角落，被践踏过的灌木带着声响断裂，我却甚至难以明白发生了什么。各种声音交织而来，其中既有冻结的沉默，也有无意义的轰鸣。色彩亦复如是，金、赤、紫、绿、黄、蓝、白，各种颜色跃动、涌起，而支配着这里整体的则时而是金色，时而又是红色。

然而以一种鲜明的印象并带着某种没来由的痛苦充斥我心的，则是神舆挑夫们那种极其淫秽而又陶醉得肆无忌惮的表情……

第二章

已经一年多了，孩子得到一种奇异玩具后产生的烦恼始终缠绕着我。这时我十三岁。

　　那玩具一有机会就变大它的体积，并暗示我：只要使用得当，它就是个非常好玩的玩具。可是哪儿都没写它的使用方法，因此当它想开始跟我玩时，我都会有一种无可奈何的困惑，这种屈辱和焦躁的集聚，有时甚至让我想要伤害玩具。但是在这个带着一种甜蜜的神秘感而又不驯的玩具面前，结果总是我主动屈服，无奈地看着它那我行我素的样子，除此别无他法。

　　于是我更加虚心地关注玩具的追求。如此一来，我发现这个玩具已经具备某种固定的嗜好或说是秩序。嗜好的系列兼有我幼年时的记忆，诸如夏天在海边见到的裸体青年，神宫外苑泳池见到的游泳运动员，与堂姐结婚的浅黑肤色青年，许多冒险小说中的勇敢主人公等，全都彼此交织。我还一直把这些系列与其他诗性系列混淆在一起。

玩具也向着死亡、血潮和坚实的肉体抬头。我从书童手中偷偷借来通俗杂志，卷首插画中有血腥的决斗场面，切腹自杀的年轻武士，还有中弹后咬牙紧抓军服前襟的士兵——他的手间流下一滴滴鲜血，更有大概是小结[1]级别的相扑力士，肌肉结实而又不过度肥胖……看着这些，我的玩具立刻抬起了好奇的头。如果说"好奇"这个形容词不太恰当，则不妨换作"爱"或"欲求"。

随着对此类事情的了解，我的快感渐渐有意识有计划地活动起来，直至进行选择和修整。如果觉得杂志插图的构图不完整，我会先用彩色铅笔描摹，在此基础上再修补完整，画成带着枪伤捂着胸口倒下的马戏团青年，或是坠落后跌碎头盖骨、半边脸浸在血泊中的走钢丝演

---

1. 小结，相扑运动员的一种等级名称。

员。在学校时，我会由于担心这些藏在家中书柜抽屉里的画面残酷的图画被人发现，以致无法专心听课。但若要我把它们画好再匆匆撕毁，那是万难做到的，因为我的玩具喜爱着它们。

于是我这不听话的玩具不仅没能学会实现第一目标，甚至连第二目标——所谓的"恶习"——也没学会如何去做，虚度了一段岁月。

我周遭的环境发生了种种变化。我们一家人离开了我出生的房子，分别搬到另一条街的两栋房子，两处相距很近。祖父母和我住一处，父母和弟弟妹妹住另一处。其间父亲曾因公务周游欧洲诸国，回国后不久父母又搬了一次家，父亲终于下了一个虽然已为时过晚的决心，利用这个机会把我带回了自己家。经过了一番被他称为"新派悲剧"的祖母与我别离的场面，我也住进了父亲的新家，这里与祖父母原先的住处已相隔好多个车站。祖母日夜抱着我的照片哭泣，规定我每星期要过去留宿一次，我若爽约，她就会猝然发病。十三岁的我有了一位六十岁的深情恋人。

不久，父亲留下家人，被调去大阪工作。

有一天我因感冒而被学校准假，便借机拿了几本父亲从国外带回来的画册到自己的房间仔细欣赏。其中介绍意大利诸城市美术馆藏品的画册中的希腊雕塑照片尤其令我着迷，诸多名画也尽是裸体，那黑白写真版正对我口味，其理由很单纯，大概就是因为它们看起来都很写实。

我手中的这些画集都属我初见，这一方面是因为吝啬的父亲不愿孩子触摸并弄脏画册，便把它们藏于书橱深处（一半也是害怕我被名画里的裸女魅惑，但他实在是大错特错了！）；另一方面也是因为我对它们本未像对通俗杂志卷首画那样抱有期望。我把所剩不多的画页往左翻开一页，那页一角的一幅画像赫然呈现，令我觉得它已在这里等我太久。

那是热那亚[1]的罗索宫[2]所藏的雷尼[3]作品《圣塞巴斯

---

1. 热那亚，意大利西北部港口城市。
2. 罗索宫（Palazzo Rosso），萨雷家族在十七世纪所建的红色大宅，后改作美术馆。
3. 雷尼（Guido Reni，1575—1642），早期的意大利巴洛克派画家。

蒂安[1]》。

这幅画以提香[2]风格的忧郁森林以及傍晚天空的幽暗远景为背景，微微倾斜的黑色树干就是圣者的刑架。一位非常俊美的裸身青年被绑在树干上，双手交叉着高举，除了手腕与树的相缚处，旁处均不见绳结。遮覆青年裸体的东西，唯有腰际松松卷着的白色粗布而已。

我虽也可以察知这是殉教图，可是这幅出自文艺复兴时期末流唯美折中派画家笔下的塞巴斯蒂安殉教图，反倒充满了异教徒的风味，因为他这堪比美男子安提诺乌斯[3]的肉体上，看不到其他圣者身上那种布教的辛苦和老朽的痕迹，能看到的只有青春、光辉和逸乐。

他那无可比拟的白皙裸体在薄暮的背景前熠熠生辉，身为侍卫而惯于挽弓挥剑的手臂以极其自然的角度举起，

---

1. 圣塞巴斯蒂安（Saint Sebastian），三世纪的基督教徒。据传生于高卢，在罗马皇帝戴克里先军中任职，因引领士兵信奉基督教而被皇帝处死殉教。其事迹在文艺复兴时期常被作为美术作品的题材。
2. 提香（Tiziano Vecellio，1490—1576），文艺复兴时期意大利美术大师。
3. 安提诺乌斯（Antinous，110—130），罗马皇帝哈德良的娈童。

被缚的手腕交叉在头发的正上方，面部微微上仰，睁着双眼安详地眺望天上的荣光，挺起的胸膛、紧收的腹部以及略微弯曲的腰部周围，弥漫着的不是痛苦，而是某种音乐般忧郁而又逸乐的气氛。若无那深深射进左腋窝和右侧腹的箭，他看起来就像古罗马的竞技者倚着向晚的庭树休憩。

箭深深地嵌入他结实、高尚的青春肉体，似是要用无上痛苦和欢喜的火焰从内部炙烤他的肉体。但是画中没有流血，也没有其他塞巴斯蒂安题材的绘画作品中所画的无数箭矢，这里只有两支箭，向他大理石般的肌肤投下宁静而端丽的阴影，宛如树枝在石阶上的投影。

其实，上述判断和观察都是后来才有的。

在我见到那画的刹那，我整个人被某种异教徒式的欢喜所震动，我的血液奔腾，我的器官泛现怒色，我身上这膨胀得行将爆裂的部分，以前所未有的激动等着我的操作，责难着我的无知，愤怒地喘息着。我的手在不知不觉间开始了谁也不曾教过我的动作，一种黑暗而又光辉的感觉迅速地从我的内部上袭，瞬间就伴随着令人眩晕的酩酊感迸发……

少顷之后，我感伤地环顾我对面的桌子周围。窗外的枫叶在我的墨水瓶、教科书、词典、画集写真版以及笔记本上铺开清晰的投影，一些白浊的飞沫溅在教科书的烫金题字、墨水瓶上方以及词典的一角等处。这些飞沫或是幽幽地往下滴着，或是像死鱼眼睛似的发出混沌的光……幸好画集都被我及时移除而免遭污染。

这就是我最初的 ejaculatio[1]，也是我最初笨拙的、突发的"恶习"。

希斯菲尔德[2]把圣塞巴斯蒂安的画像列为倒错者特别喜爱的绘画雕塑类作品之首位，对我来说，这是一种意味深长的巧合。这恰恰可以使人推测：在倒错者尤其是先天性的倒错者中，压倒性的多数都将倒错性冲动与施虐性冲动交织在一起而难以区分。

圣塞巴斯蒂安生于三世纪中叶，后来成为罗马军队

---

1. ejaculatio，拉丁语，射精。

2. 希斯菲尔德（Magnus Hirschfeld, 1868—1935），德国性学家，专攻同性恋方面的研究。

的侍卫长，据传其三十多年的生涯因殉教而结束。他死的那年即公元二八八年，正值戴克里先大帝治世。这位穷苦人出身而飞黄腾达的皇帝因其独特的温和主义而受钦慕。但是副帝马克西米安因厌恶基督教，把基于基督教和平主义而逃避兵役的非洲青年马克希米里埃纳斯处以死刑，并以同样的宗教性理由将百人队长马塞拉斯处死。我们可以在这样的历史背景下理解圣塞巴斯蒂安的殉教行为。

侍卫长塞巴斯蒂安偷偷皈依基督教，体恤狱中的基督教徒，并使市长等人改变宗教信仰。这些行动暴露后，他被戴克里先大帝宣判死刑。他被无数箭矢射杀，弃置于市的尸体被一位前来埋葬他的虔敬寡妇发现尚有余温，经过一番救护，他又苏醒过来。但他又立刻投入反对皇帝的斗争中，出言冒渎皇帝的诸神，终于被棍棒扑杀。

此类复活的传说，其主题无非呼唤"奇迹"。什么样的肉体，才能从那无数支箭矢所造成的创伤中复活呢？

为了更深刻地理解我官能上极度的欢悦究竟具有怎样的性质，我在下面附上一段自己多年后创作而又未完成的散文诗。

圣塞巴斯蒂安（散文诗）

　　某次，我从教室窗口看到一棵不太高的树在风中摇曳，心脏顿时剧烈搏动。那树美得惊人，在草坪上方形成一个略带圆感的正三角形。像烛台般对称地伸出许多树枝，承受着分量不轻的绿叶，在绿叶下方可以窥见暗色黑檀木台座似的纹丝不动的树干。此树创造了一种完美的巧致，又不失大自然优雅而随意的感觉，竖立在那里，以一种明快的沉默宣示它就是自己的创造者。可是它又确实是件作品，而且该算作音乐作品吧，那是德国乐匠为室内乐而写的作品，是一种堪称圣乐的音乐，那种宗教性宁静的逸乐，充满着如壁毯图案一样的庄严和亲切感……

　　因此，树的形态和音乐的共通之处对我来说具有某种意义。这两者结合成为一种更有力更深刻的东西袭击我时，我所受的这种难以言喻的灵妙打动完全不是抒情性的，而属于那种幽暗的酩酊之类，仿佛使人看到了宗教与音乐的对话。"就是这棵树吧？"——我突然这样自问。

"反绑年轻圣者双手的树，树干如雨点般滴下许多神圣之血的树，接受了年轻肉体在濒死状态时拼命摩擦挣扎的树（这可能是地面一切快乐和烦恼的最后证明）……那棵罗马之树就是这棵树吧？"

　　据殉教史所传，那位戴克里先大帝登基数年间，梦想着自己的无限权力会像无可阻挡的翱翔的飞鸟一样。就在此时，侍卫队长因信奉被禁之神的罪名被捕。这个侍卫队长的柔韧躯体让人想起先帝哈德良所宠爱的著名东方奴隶，他那冷峻的反叛的眼神则如大海一般。他倨傲而俊美，头盔上所插的百合花是城里的姑娘们每天早晨所赠。在剧烈操练后的休息时间里，百合沿着他那男子汉的披发优雅地垂插，那情景宛如天鹅的颈项。

　　无人知道他生于何地，来自何方，但人们都预感到这位兼有奴隶躯体和王子面容的年轻人是为了成为逝者而来这里的，预感到这位恩底弥昂[1]是一个

---

1. 恩底弥昂（Endymion），希腊神话中一个长时间处于睡眠状态的美青年。

牧羊人，被遴选来拥有最浓绿的牧场。

有几个姑娘确信他来自大海，因为从他的胸膛可以听到海的高鸣；他的眼睛属于那种生于海边又不得不离开大海的人所有，双眸深处浮现着神秘而不会消失的水平线，那是大海留给他的纪念；他的气息宛若仲夏的海风般滚热，带着被冲上海滩的海草气味。

塞巴斯蒂安——这个年轻的侍卫长——所显示的美，不正是牺牲之美吗？罗马那些健壮的女人被滴血的肉食的美味和能酥软骨头的美酒养就了五感，难道不是以此而早早察觉了他自己尚未知晓的厄运并因此爱上了他吗？在他那白皙肉体的内部，血潮在等待着不久之后肉体被撕裂时的间隙迸发出来，比平时流动得更快。那些女子又怎会听不到血潮如此激越澎湃的呼唤呢？

他并非薄命，绝非薄命。他桀骜不驯，以辉煌誉之亦不为过。

即使在甘美的接吻之际，也许就不止一次有过生者的死苦掠过他的眉间。

他自己也隐约预感到等在前方的唯有殉教这一条路，只有这标志性的悲惨命运才能把他与凡俗隔离。

　　——且说那天早上，塞巴斯蒂安被繁忙的军务所催而从床上一跃而起。他在拂晓时分做了一个梦——一群不祥的鹊鸟围在他胸前拍打翅膀，遮住了他的嘴——这梦境尚未从他枕上离去，他又闻到了自己每晚栖身的简陋寝床散发出被冲上岸的海草气味，这气味每晚都似要把他引向大海之梦。他站在窗边穿戴铠甲，铠甲嘎嘎作响，令人生厌。此时他看到马萨罗斯星团[1]沉没于远方神殿周围的森林半空。望着那异端的壮丽神殿，他眉宇间浮现一种轻蔑的表情，这种几近痛苦的表情与他最为相称。他默诵唯一之神的圣名和两三句令人敬畏的圣言，于是这微弱的声音变成放大了几万倍的回声，从神殿的四角以及一排排高耸星空的圆柱周围传来。听似

---

1. 马萨罗斯星团（Mazzaroth），旧约时代的星座名称。

庄严而响亮的吟唱，又似一阵异样的坍塌声响彻星空。他微笑了，然后从上空收回视线，看到一群姑娘在黎明前的黑暗中像往常一样拿着还在沉睡的百合花，为了晨祷而偷偷往他住处而来……

初中二年级那年的深冬，我们都习惯了初中生活的种种，诸如穿长裤，互相之间直呼姓名（在小学时代，老师命令学生间要以某某"君"相称。即使在盛夏，袜子也不可短到露膝的程度。第一次穿上长裤时的欢喜是由于再也无须用紧紧的袜带勒住大腿了），蔑视老师的风气，在茶社相互请客，在学校森林里进行的丛林战游戏，以及寄宿生活。我唯对寄宿生活尚不了解，那是因为娇惯我的父母以我的病弱为由，让我免于几乎是强制实行的初中一、二年级的寄宿制，其实最重要的仅在于担心我会学坏。

走读生屈指可数，二年级最后一个学期开始，这个小小的圈子里又加入一个新人，名叫近江。他是因行为粗鲁而被赶出宿舍的。此前我对他并不怎么关注，但这次他因被赶出宿舍而打上"坏孩子"的确凿烙印，我的视线突然就难以从他身上移开了。

一位人缘不错的胖同学笑呵呵地朝我走来，每当这种时候，他必是掌握了什么秘闻。

"我有好消息呢。"

我离开了暖气片旁，跟这位好人缘的同学走到走廊，靠在窗边，从这里可以俯瞰寒风瑟瑟的射箭场。这儿通常是我们密谈的地方。

"近江……"他欲言又止，脸先红了。小学五年级时，大家一谈"那种事"，他就立刻否定，口头禅是："那绝对是瞎说，我十分清楚。"还有一次，听说有个同学的父亲中风，他又好心地让我别再接近那个同学，因为中风是传染病。

"近江咋啦？"在家里说话我都用文雅的敬语，但一到学校，我说话就变得粗鲁起来。

"可靠消息，近江那家伙干过'那种事'。"

那是有可能的，因为他应已留级了两三次，所以体格出众，面部轮廓也具有一种我们所不具备的光彩，似是拥有某种青春的特权。他有一种无缘无故就可轻侮他人的天禀气质，对他来说，没有什么是不可以轻侮的。

优等生就因其是优等生，教师就因其是教师，警察就因其是警察，大学生就因其是大学生，公司职员就因其是职员，都没法不遭他白眼和嘲笑。

"哦？"

不知何故，我突然联想到近江在修理练习用手枪时所表现的灵巧，想到了受军训课和体育课老师破格青睐和优待的他担任小队长时的潇洒姿态。

"所以呢……所以……"那位同学发出了只有初中生才能理解的那种想忍又忍不住的淫笑，"听说那家伙的那玩意儿特大，下次玩'下流游戏'时你摸摸看就知道了。"

所谓"下流游戏"，是在这个学校的初中一、二年级中盛行的传统游戏，就像真正的游戏那样，与其说是游戏，倒不如说更像是一种疾病。它在白天众目睽睽之下进行：有一个人呆站着，这时另一个人突然从侧面蹑手蹑脚地接近，对准目标伸手，如果一把抓住，得手者便迅速跑到远处，然后高声欢呼：

"好大呀，A的那玩意儿好大呀！"

不管是什么样的冲动促使大家这样玩，我认为这种游戏之所以存在，就是为了要看看受害者的那副狼狈模样：顾不上夹在腋下的教科书和其他东西，两手只顾用来保护受袭之处了。但是更严密的解释是：他们从中找到了自己因大笑而释放的羞耻心，这种羞耻与被害者面红耳赤所体现的羞耻是相通的，却又因处于嘲笑者的更高地位而让他们获得了一种满足感。

被害者仿佛与大家商量好似的叫道：

"啊，B真下流！"

于是周围的人也像合唱似的附和着：

"啊，B真下流！"

——近江是这种游戏的高手，攻击迅疾，多半都以得手而告终，甚至让人觉得大家好像都在默默地期待着他的攻击。同时，他也确实屡屡遭到被害者的报复，却又无人复仇成功。他走路时通常把一只手插在裤袋里，当伏兵袭来时，他能在转眼间使裤袋里的这只手和放在外面的那只手形成双重的铠甲。

那位同学的话在我内心种下了一个毒草般的念头。过去我与其他同学一样，一向是以绝对无邪的态度参加"下流游戏"的，可是那同学的话，把我在无意识中与此严格区分的"恶习"——我独自的生活，和这游戏——我的公共生活，难以避免地联系在一起了。能证实这一点的是：不管我是否愿意，他那句"你摸摸看"，突然地、不容拒绝地在我心里塞进了一种其他无心的同学所不理解的特殊意味。

从此以后，我再也不参加这种"下流游戏"，我害怕自己袭击近江的那一瞬间情景，同时更害怕近江袭击我的那一瞬间情景。如果觉察到游戏即将开始的征兆（其实这种游戏就像暴动或叛乱一样，都是在没有任何迹象的情况下突发的），我就赶紧避开大家，从远处目不转睛地盯着近江一人。

……话虽如此，近江对我们的影响，在我们还没有意识到之前就开始侵犯我们了。

以袜子为例，当时军事化教育已经侵蚀到我的学校，校内经常提到著名的江木将军"质实刚健"的遗训，禁止穿戴花哨的围巾或袜子，规定衬衫要穿白色的，袜子要穿黑色的，至少也要是单色的。只有近江一人从来都是穿戴白绢围巾和带漂亮图案的袜子。

这位禁令的首位反抗者能够用一种不可思议的手段，将其恶行改为"叛逆"美名。他以自己的亲身体验，看穿了少年们对"叛逆"这门美学是如何缺乏抵抗力。在他熟识的军训教师——一位乡巴佬士官，说得更贴切一点，近乎近江的马仔——面前，他会故意慢慢地围起白绢围巾，学着拿破仑的模样，解开外套上的金纽扣，敞开衣服让大家看。

　　可是众愚的叛逆，在任何时候都只是肤浅的模仿而已。既要尽可能规避其带来的危险后果，又想品尝叛逆的美味，我们只能从近江的叛逆行为中剽窃穿花哨的袜子一项，我也不能例外。

　　早上上学，在上课之前闹哄哄的教室里，我们聊天时不坐在椅子上而是坐在课桌上。如果有人早晨换了一双新花样的袜子来学校，便会潇洒地捏起裤脚线往课桌上一坐，立刻会有眼尖的人报以惊叹：

　　"啊，这袜子真刺眼！"

　　——我们不知还有什么赞词能胜过"刺眼"二字。每当这种时候，讲的人及被讲的人都会想起非到整队前的那一刹那才会出现的近江那倨傲的眼神。

一个雪后的晴朗早晨，我很早就去了学校，因为同学头天来电话约我明早打雪仗。每当第二天有什么事是我期待的，当天晚上我会辗转难眠，第二天会醒得很早，不问时间就赶去学校。

积雪的厚度勉强能盖住鞋子。太阳还未完全升起时，雪景并没使街景变得好看，反而使之显得惨淡，因为那雪看上去就像脏兮兮的绷带遮盖着街景的伤口，伤口之美就成了街景的唯一之美。

电气列车驶近校前车站时，我在乘客不多的车厢里透过车窗看到厂区对面太阳升起的情景。窗外的风景充满喜色。旭日之下的积雪像是一层假面，那一排排给人不祥之感的烟囱和灰暗起伏的单调的石棉屋顶，在这假面夸张的笑容的阴影下战战兢兢。这种雪景的假面剧，往往容易演出革命或暴动之类的故事。行人的脸色因雪的映照而显得苍白，不知怎的竟给我一种同谋者的感觉。

我在校前站下车时，车站旁的货运公司屋顶上传来融雪滴落的声音，在我听来全似光线落了下来。光线带着一声声叫唤，投身并坠死在混凝土地面，那地面已被行人鞋子所带的烂泥掩盖成假的泥潭。有一束光误落到了我的脖颈……

学校里尚无人迹，衣帽室也上着锁。

打开一楼二年级教室的窗子，我眺望森林中的雪景。学校后门有一条小路沿着林中斜坡通往校舍，一串大脚印出现在雪地上，沿着这路延续到窗下，然后又在窗下折返，消失在左斜方的科学教室后面。

已经有人来了。他一定是从学校后门沿坡上来，在教室的窗外探看，见没有人到，就又独自往科学教室的后门走去了。几乎没有一个同学是从学校后门上学的，只有近江，据传是从女人的家来学校，可是，没到整队集合的时间，他理应是不会出现的。如果不是他又会是谁？从这大脚印来看，非他莫属。

我从窗口探出身子凝视浮在这脚印上的一层新鲜黑土的颜色，那脚印给人一种坚定、有力的感觉，一种难以言喻的力量将我引向那脚印，让我想要一头倒栽下去，将脸埋进那脚印。但是我迟钝的运动神经正如往常一样做出了自我保护的反应。我把书包放在桌子上，慢慢爬上窗框，制服胸扣压在石材窗框上，跟我羸弱的肋骨摩擦，造成一种悲哀与甜美交杂的疼痛。越过窗子跳到雪地上时，这种轻微的疼痛使我的心脏带着一种快感收紧了，让我充满了心惊肉跳的危险情绪。我把自己鞋底的鞋套轻轻地贴在脚印上。

看上去很大的鞋印与我的鞋底其实差不多大。我想起来那鞋印的主人大概也是套着当时在我们之间流行的鞋套，因此开始觉得这鞋印大概不是近江的，继续跟踪这黑鞋印可能会有悖我眼下的期待，可是这种不安反倒对我具有一种难以言明的诱惑力。近江只是我此时期待中的一部分，或许是我觉得这位先我而来并在雪地留下脚印者用他的神秘冒犯了我，于是我被一种复仇的憧憬俘虏了。

我气喘吁吁地追踪着这鞋印。

不管是经过黑亮的泥地还是枯萎的草坪，或是肮脏坚硬的雪地以及石板路，我都像踩着踏脚石一样认准脚印前进，于是我发现自己的步伐在不知不觉间已与近江的大步走姿吻合。

经过科学教室后面的背阴处，我就来到了开阔的运动场前面的高台。四处都被亮晃晃的积雪覆盖，已分辨不出哪是三百米的椭圆形跑道，哪是被其环绕的高低不平的田径场。在运动场的一角,两棵巨大的榉树相倚而生,朝阳下那长长的树影为雪景平添了某种意味,这种意味可称之为伟大者必犯的明朗的谬误。冬天湛蓝的天空,再加上地面积雪的反射以及朝阳的侧射,使耸立的巨树带着一种塑料般的细密,不时有沙金般的细雪从光秃秃的树梢和树干的裂隙处掉落。在运动场的另一边,一栋栋学生宿舍以及与之相连的杂木林似乎还在沉睡中纹丝不动,让人觉得极细微的声音在这里都会引起大范围的回响。

这片开阔景色令人目眩,我一时啥也看不见。这雪景好似一片新鲜的废墟,在这虚拟的丧失之上,有着古代废墟才有的那种无际的光明和辉煌。在这废墟的一隅,在宽约五米的跑道的积雪上写着几个巨大的字,离我最近的大圆圈是 O 字,对面是 M,而在另一边有一个长长的 I。

是近江。从我一路跟来的鞋印到 O 字,从 O 到 M,再从 M 到 I 的一半处,我发现了站着的近江。洁白围巾上方的脑袋微微低垂,双手插在外套口袋。就是他的鞋套刚才在雪地上一步步地一直踏到这里的。他的影子跟运动场的榉树树影平行，旁若无人地在雪地上伸展。

我的脸颊发烫，戴着手套捏了一个雪球。

雪球扔了过去，却没砸中。他写完了 I，像是无意似的把视线朝向了我。

"喂！"虽然担心近江多半会有不悦的反应，我还是被莫名的热情所促，高叫一声就奔下高台的陡坡。令我意外的是他用充满力量和热情的声音向我叫道：

"喂！别踩到字！"

今晨的他确实不同于往常。回家绝对不做作业，教科书都放在衣帽箱里的他，平常总是双手插在口袋里来学校，然后动作潇洒地把外套一脱，掐着点排进队尾，然而今天怎么会一个人一大早就在这里打发时间呢？平时视我为毛孩子而不屑一顾，今天竟以他那独特的亲昵而粗鲁的笑容迎接我！我又是何等向往他这笑容和那排整整齐齐、充满青春气息的白牙呀。

但是，随着我接近并看清他的笑容之后，我已将刚才打招呼时的热情忘在一边，而被一种无地自容的懊悔所控制。理解阻碍了我。他的笑容似乎是因为自己"已被理解"而示弱，这一点与其说是伤害了我，莫若说是伤害了他过去在我心目中的形象。

当我看到他在雪地上写出的表示他名字的 OMI 这几个大字的时候，也许隐约理解了他孤独的内心世界，同时也理解了他一大早来到学校的基本动机——也许他自己也未必理解的动机。如果我的偶像立刻在我面前屈尊地表白说自己是为了打雪仗而提早到校的，我一定会丧失比他所丧失的骄傲更重要的东西。我急于抢先说出这话：

"今天已经不能打雪仗了。"我终于开口，"本以为还会再下的。"

"嗯。"

他露出扫兴的表情，脸部刚健的线条又变得僵硬起来，重现出的那种对我的蔑视令人心痛。因为努力要把我当孩子看，他的眼中闪现出一种可憎的光亮。他内心的一部分正在感谢我，因为我对他写在雪上的字一句话也没问，然而他又想抗拒这种感谢心理。这种矛盾心情所产生的苦恼深深地吸引着我。

"哼，你戴着小孩子的手套。"

"大人也戴毛线手套呀。"

"真可怜。你不懂戴皮手套的舒服吧？你看……"

突然，他把被雪濡湿的皮手套按在我滚烫的面颊上。我避开了身子，面颊上却燃起一种活生生的肉感，并像烙印般留了下来。我看着他，感到自己的目光是那样澄澈。

——从这时起，我爱上了近江。

如果允许我用这种粗俗的说法，那么对我来说，这是我有生以来的第一次恋情，而且明显与肉欲有关。

我渴望着夏天，哪怕是初夏。我觉得这个季节能带给我看到他裸体的机会。我的内心深处还抱有一种更为私密的欲求，那就是想要看看他的那个"大东西"。

有两种手套在我的记忆电话中串线了。这副皮手套和我下面要说的学校集会时所戴的白手套，让我觉得有一个是记忆的真实面，另一个是记忆的虚假面。他那副粗犷的容貌，戴皮手套也许比较适合；但也可能正因为他的容貌粗犷，戴白手套反而更相称一些。

粗犷的容貌——这样说，也只不过是一张青年人常有的脸单独夹在一群少年中间所造成的印象而已。虽然他的体格特别强壮，但他的身材要比我们当中最高的学生矮得多，只是我们学校那身冷冰冰的海军士官服式的校服，穿在少年还未完全发育的躯体上往往很难合身，唯独穿在近江身上表现出一种充实的重量感和某种肉感。应该不止我一人会用满带嫉妒和爱慕的目光，从藏青色的哔叽校服上去窥视他肩和胸的肌肉。

他的脸上始终浮现着某种阴暗的优越感，那优越感多半是属于越受伤害越易燃烧的一类。留级、开除……这些厄运对他来说仿佛象征着一种受了挫折的意欲，而这意欲又是什么呢？我模模糊糊地想象，那一定是他自身的"恶"之魂所催生的意欲，而且这巨大的阴谋，无疑连他自己也未充分意识到。

他的肤色浅黑，脸型属于圆脸一类，颧骨桀骜不驯地突出，鼻子不太高，但肉厚形美，嘴唇似用针线缝就，令人赏心悦目，下巴则充满力感，整张面孔能让人感受到血液在他的全身奔流。人们在这里看到的是一个野蛮灵魂的外衣，有谁对他的内在世界有过期待呢？我们可以期待于他的，只能是那种不为人知的完美性的模型，而它已被我们遗忘在遥远的过去。

他偶尔会来窥视我正在阅读的那些对于我们的年龄来说比较艰深的书，我一般都是带着暧昧的微笑把书收起。这并非出于羞耻，而是苦于去做种种预测，诸如他对书籍是否有兴趣，他会不会在读书的话题上露怯，他会不会厌恶自己无意识的完美性等。我还担心这位渔夫忘了他的爱奥尼亚[1]故乡。

无论是上课时还是在运动场上，我一直对他的身姿左看右看，在这过程中，我塑造了他完美无缺的幻影，也正因为如此，在我的记忆里，他所有的形象都毫无瑕疵，不管是小说式的叙事中不可或缺的人物特征还是可爱的癖好，凡此可以使得人物栩栩如生的一些缺点，在我记忆中的近江身上都无法找到。另一方面，我从近江身上找到无数其他方面的东西，找到无限的多样性和微妙的韵味，找到了生命的完整性的定义，诸如他的眉、他的额、他的眼、他的鼻、他的耳、他的面颊、他的颧骨、他的唇、他的下巴、他的颈、他的喉、他的血色、他的

---

1. 爱奥尼亚（Ionia），古代地理名称，是古希腊时代对今天土耳其安纳托利亚西南海岸地区的称呼，即爱琴海东岸的希腊爱奥尼亚人居住地。

肤色、他的力、他的胸、他的手，还有他的无数方面。

我以此为基础进行淘汰，形成了一种嗜好体系。因为他，我不愿爱智性的人；同样因为他，我不会被戴眼镜的同性吸引；我开始爱上了力量，爱上了血气方刚的形象，爱上了无知，爱上了粗犷的动作和粗鄙的语言，爱上了一切不曾被理智有丝毫侵蚀的肌肉所具有的野蛮的忧郁。这都是因为他。

然而，这种不合情理的嗜好对我来说一开始就包含着一种逻辑上的不可能，完全不像肉欲的冲动那么合乎逻辑。一旦彼此开始通过理智互相理解，我的欲望立刻就会消退。只要能从对方身上发现一点点理性的价值，就会迫使我做出理智的判断。爱是相互的作用，你向对方要求的，也就是对自己的要求，因此，期望对方不带理智，也就是要求自己绝对地背叛理性，哪怕只是一时的背叛。反正这是不可能的事情。因此我一方面提醒自己，不管什么时候都不要跟那些不会被理智侵犯的肉体的所有者，也就是流氓、水手、士兵、渔夫之流交谈；一方面又只好以热烈的冷淡远远地仔细观察他们。也许语言不通的热带蛮荒之地才是适宜我居住的地方。由此可见，我对于蛮荒之地那热浪滚滚的夏天的憧憬，好像从我年幼时代就存于我的心中……

再来说说白手套。

我的学校规定举行仪式的日子要戴白手套上学。这种手套手腕处的贝壳纽扣有一种沉郁的光亮，手背处缝的三条线令人产生冥想，一戴上它，就会想起仪式那天的种种印象，诸如举行仪式的礼堂的昏暗，仪式结束时分发的一盒盐濑[1]糕点，还有整天里都在回响的欢快的声音。

一个冬天的节日，我记得是纪元节[2]，那天近江也难得地一早就到校了。

离集合整队还有一段时间。从校舍旁的浪桥那里赶走一年级同学，是二年级学生冷酷的嗜好。表面上看不起浪桥之类的小孩子游戏，可是内心仍对这种游戏依依

---

1. 盐濑，位于奈良的老牌包子店，据说是由归化日本的华侨林净因在日本初创。
2. 纪元节，日本旧时四大节庆之一，每年二月十一日在宫中及民间都有庆祝活动，传说神武天皇于此日即位。"二战"后废除，现已改为开国纪念日。

不舍的二年级学生硬生生地赶走了一年级学生。他们并非真想玩浪桥，只是想在玩的时候显摆一下，顺便贬损一下一年级同学罢了。一年级学生远远地围成一圈，看着二年级学生多少带有一些表演意识的粗野比赛。比赛者以迫使对方掉下适度摇晃的浪桥来决定胜负。

近江摆出一副被追得走投无路的刺客架势，两脚踏在浪桥中央，时刻警惕着新的敌手。同班同学中没人能与他相抗，已有过几个同学跳上浪桥，但都被他身手敏捷地推下。那些朝阳下闪闪发光的冰柱都被他们踏碎了。每当这时，近江就像拳击手般把戴着白手套的双手高举在额前握合，讨大家的好。一年级学生也在一旁高声喝彩，似乎忘了刚才被搡的事情。

我的视线追随着他的白手套。白手套的动作强悍而又具有一种奇妙的精准，好似狼或什么幼兽的足爪。他的手常常如同箭矢般刺穿冬晨的空气，正中对手的侧腹，有些掉落的对手腰部甚至会撞上冰柱。在击落对手的刹那间，为了恢复倾斜的重心，近江在被微微发光的薄冰覆盖的浪桥上，偶尔也会显出挣扎的姿势，但他那柔韧的腰力又使他恢复了刺客的架势。

浪桥冷漠而有规律地左右摆动。

……看着看着，我突然被一阵不安感袭击，一种坐立不定和无法解释的不安，像是因浪桥的晃动而造成的眩晕，其实又不是。也许可以说这是一种精神上的眩晕，因为自己的内在平衡被他危险的一举一动破坏而产生的不安。在这眩晕中有两种力量在争霸，一种是自卫的力量，另一种力量则更为深沉、更为强烈地意欲瓦解我的内在平衡。后者或许就是那种微妙而隐秘的自杀冲动，人们常常在无意识中委身于它。

"怎么，都是胆小鬼，没人敢上来了吗？"

近江在浪桥上，身子轻轻地左右摇晃，戴着白手套的双手叉在腰间，帽子上的镀金帽徽在朝阳下熠熠生辉。我从没见过他如此美丽。

"我来了！"

随着心跳的不断加快，我准确地料到自己会在某一瞬间说出这句话，我被欲望击败的瞬间通常就是这样。我会走过去站在那里，这与其说是不可避免的行动，莫若说是预定的行动。由此，我日后有时还会误以为自己属于"有意志者"。

"算了，算了，你输定了。"

在嘲弄的欢呼声中，我从浪桥的一端登上浪桥，上去时脚下一滑，大家又喧叫起来。

近江以戏谑的表情迎接我。他尽量做出滑稽的举动，模仿脚底打滑的样子，又舞动戴着手套的手指来嘲弄我。在我眼中，他的手指宛如即将刺入我胸膛的武器尖端。

我俩的白手套屡屡相击，每次我都被他手掌的力量推得摇晃不已。我可以感觉到他似乎在恣意地玩弄我，故意不尽全力，免得让我输得太快。

"啊，好危险！你真行，我输了，马上就要掉下去了。你瞧……"

他又伸出舌头，做出要被击落的样子。

看着他那副故作小丑的表情，我感到一种难忍的痛苦，因为他不知道那种神情正在破坏他自身的美。我被他压得无法抬起眼来，他借机用右手朝我横劈过来，为防掉落，我的右手条件反射般地抓住他的右手指，我清楚地感觉到他白手套里的手指被我紧紧攥住。

这一刹那，我俩的视线相撞。也就在这一刹那，他脸上那副故作滑稽的表情消失了，取而代之的是一副真率得令人吃惊的表情。此时，一种既非敌意也非憎恨，纯洁而强烈的东西拉响了弓弦。也许是我想得太多，也许那只不过是手指被拉住，身体失去平衡的瞬间一种无意义的表露而已。然而就在那闪电般的力量在两人的手指间战栗的同时，我有一种直觉，觉得从我凝视他那一瞬间的视线当中，近江看出我爱着他，而且只爱他一人。

我俩几乎同时从浪桥上翻落下来。

我被扶了起来。扶起我的是近江。他粗鲁地拽起我的手臂，一声不吭地替我拍打沾在衣服上的泥土。他的手肘和手套也沾上了泥，上面的冰屑闪闪发亮。

我责难地抬头看他，因为他拉着我的手臂往前走。

我们从小学时代就是同班同学，因此并肩挽手的亲密举动也是当然之事。刚好集合的哨声响起，大家就势迅速走到集合处。近江跟我一起掉落，也只不过是这场大家都已看腻了的游戏结果，就连我跟近江挽手而行的情景，也不会引起格外的注意。

然而靠着他的手臂走着，我感到无上的喜悦。或许缘于自己生性懦弱，我所有的喜悦都会掺杂不祥的预感。而现在却感到近江手臂那强健、紧绷的感觉经由我的手臂传遍我的全身，我希望就这样走到世界的尽头。

但是来到集合地点后，他草草地放开了我的手臂，排到自己的位置上，然后再没看我一眼。在仪式的过程中，我不止一次地比较着自己手套上的泥土和相隔四人之外的近江手套上的泥土。

——在对近江这种不知来由的倾慕之心中，我既未加入意识的批判，更未加入道德的批判，若要有意识地进行这方面的归纳，我就不能成为当事人了。若说有一种爱是不具持续性和进行性的，那我的情况就属此类。我看近江的目光，始终都是"最初的一瞥"，或说是"劫初的一瞥"。无意识的操作始终试图保护着我十五岁的纯洁不受侵蚀。

难道这就是恋爱？这种乍见纯粹，后来又数度反复的恋爱中，也具有其独特的堕落与颓废。这种堕落比世上所有爱的堕落更邪恶，而这种颓废了的纯洁，则是世上所有颓废中最恶质的颓废。

但是在对近江的单恋方面，在我这人生最初的恋情方面，我真的可说是像小鸟那样，把无邪的肉欲隐藏在翅膀之下。让我着迷的不是"获得"的欲望，而仅仅是纯粹的"诱惑"本身。

至少在学校的时候，尤其是在乏味的课堂上，我的眼睛始终无法离开他的侧脸。对我这种不懂得爱是追求和被追求的人来说，还能做出什么更深一层的事情呢？对我来说，爱只是把小小的谜题不求其解地提出而已。我甚至也没去想象自己这种倾慕之心会获得什么样的回报。

我在感冒并不严重的情况下向学校请了假。第二天上学时我才知道，昨天正是三年级的春季第一次体检日，于是我和两三个体检日请假的同学一起去了医务室。

阳光照进房间，瓦斯炉冒着若有若无的蓝焰，屋内充满了消毒水的味道，却没有通常男孩子们光着身子挤挤挨挨地做体检时特有的那种味道，那种恰似甜奶蒸发时的带粉红色的味道。我们两三个人哆哆嗦嗦地默默脱掉了衬衫。

一个跟我一样常患感冒的瘦弱男生站上磅秤。看着他那长满细毛、难看的白皙后背，我的记忆突然苏醒，想起自己一直那样热切期待看到近江的裸体，却又愚蠢地错过了体检这个最好的机会。机会既已失去，唯有再等不知何时才有的下一次机会了。

我的脸色变得苍白，我从自己裸体上的鸡皮疙瘩感受到一种有似寒意般的悔意。我带着茫然的目光去摩擦自己两只瘦臂上难看的痘痕。我被叫到名字，磅秤在我看来有如行刑时刻将到来的绞刑架。

　　"三十九点五！"

　　医务兵出身的助手向校医说。

　　"三十九点五。"校医一边往体检表上填写，一边咕噜道，"至少也得四十公斤呀……"

　　每次体检我都尝到这样的耻辱，但今天我感到几分轻松，因为近江没在旁边看到我的屈辱。瞬间，这种轻松发展成了喜悦……

　　"下一个！"

　　助手毫不客气地推开我的肩膀，我却没像往常那样报以愤怒的目光。

　　不过，我对自己的初恋将以什么样的形式告终并非全无预感，尽管这种预感可能比较朦胧。或许这种预感带来的不安，正是我快乐的核心。

初夏的一天。这天像是夏天的订制样品，换句话说，像是夏天的彩排。为了在夏天真正来临时做到万无一失，夏天的先驱会找一天前来检查人们的衣柜。在这一天，人们穿起了夏季的衬衫，作为通过了检查的标志。

尽管天如此之热，我却因感冒而患了支气管炎，为了获得在体育课上"见习"（可以在旁观看而不必上体育课）所需的诊断书，便跟闹肚子的同学一起去了医务室。

在回操场的路上，我俩尽量慢吞吞地走，因为去医务室是迟到的堂皇借口。我们希望看别人上体育课的无聊时间越短越好。

"好热。"我脱了校服上装。

"这样不行吧？你不是感冒吗？这样会让你上体育课的。"

我又慌忙穿上上衣。

"我是肚子不好，所以没关系。"

同学脱了上衣，像是故意刺激我。

来到操场一看，墙上挂着同学们脱下的外衣乃至衬衫。我们班的三十来人集中在操场另一边的单杠周围。以昏暗的雨天的操场为背景，户外的沙坑和单杠附近的草坪周围亮得似在燃烧。我平素就因自己的病弱而感自卑，此时不好意思地咳嗽着朝单杠走去。

瘦弱的体育老师接过我的诊断书，并没细看就说：

"现在来做引体向上。近江，你先示范给大家看。"

——我听到同学们小声地叫着近江的名字。体育课上他常常云隐，也不知是在做啥。这次他又是从绿叶摇曳闪亮的树后慢悠悠地现身了。

一看到他，我心中立刻一阵骚动。他已脱了衬衫，只剩白色背心，栗色的皮肤把背心的纯白衬得格外洁净，那种洁白好似一种能传得很远的清香。清晰的胸部轮廓和两个乳头如同浮雕一般。

"引体向上？"他问老师，语气鲁莽而自信。

说着，就以体格健美的人往往会显示的傲慢而懒洋洋的态度，慢慢地将手伸向沙坑上方，然后蹲下把沙坑里的沙子铺在掌上，再站起身将两个手掌稍稍相互搓了一下，眼睛朝向头顶上方的单杠，眼中闪烁着渎神者的决心，把映在瞳孔中的五月的云朵和蓝天置于一种轻蔑和冷漠之中。他纵身一跃，双臂立刻将他的躯体吊在单杠上，臂上的铁锚图案刺青与他的臂膀非常协调。

"哇！"

四周响起了同学们低沉的赞叹声。谁都知道，这并非对他力量的赞叹，而是对青春、生命与优越的赞叹。他露出的丰饶的腋毛令他们吃惊。男孩子们大概还是第一次见识这样的腋毛，它们充满在近江深深凹进的腋窝，甚至长到胸膛的两侧，就像夏天的杂草不仅覆满庭院，还蔓生至石阶。这两团黑色的草丛在阳光下带着润泽的光彩，那光彩透射着附近白得令人意外的肌肤，就像透射着一片白色的沙地。

他的双臂坚硬地鼓起，肩膀上的肌肉像夏天的云一样隆起，这时腋窝下的草丛就被收入暗影之中看不见了。他的胸部高高挺起，跟单杠相碰，发出微妙的战栗。就这样，他反复地做着引体向上的动作。

生命力，少年们完全是被生命力的旺盛征服了。压倒他们的是生命中某种过度的感觉，这种感觉具有暴力性，而且毫无目的，只能解释为完全是因生命自身而生的。它的充沛简直令人产生不快和疏离感。一个生命在近江本人尚未觉察间潜入了他的肉体，占领了他，突破了他，从他那里溢出，伺机凌驾于他之上。生命这种东西就这一点而言类似于疾病，他那被野蛮的生命所侵蚀的肉体置身于这个世界，就是为了一种不惧传染的疯狂的献身精神。在惧怕传染的人们的眼里，他的肉体代表着一种非难——让少年们因此而退避三舍。

我的情况与大家一样，却也多少有所不同。对我来说（尽管这足以让我面红耳赤），那就是看到这旺盛的生命力的瞬间，就会不由自主地勃起。我不得不担心别人会不会从我的西裤外发现。即便没有这种担心，当时占据我心间的也并非仅是单纯的欢悦而已。虽然看到了自己希望看到的东西，可是看到时所受的冲击，反倒发掘出另一种意想不到的感情。

那就是嫉妒。

像是完成了某种崇高的工作，近江的身体落到沙地上。听到他的落地声，我闭着眼睛摇着头，借此告诉自己：我已不爱近江。

那是嫉妒，一种强烈的嫉妒，足以让我自动放弃对近江的爱。

大概在这件事情上，那时已开始在我心中萌芽的斯巴达式训练法[1]的自我要求也掺杂其中（写这本书正是这种要求的一种表露）。由于幼年时代的病弱和备受溺爱，我成了一个不敢抬头正视别人的孩子。但也就在那个时候，我开始执着于一种"必须让自己强大起来"的准则。为了训练自己能做到这点，我在上学来回搭乘的电气列车上，开始尝试盯着其他乘客的脸看，也不管他是谁。大多数乘客被一个面色苍白、外表懦弱的少年盯视时，并不会觉得害怕，只是不耐烦地转过脸去，很少有人反过来瞪我。对方一避开，我就觉得自己获胜。于是我逐渐能够坦然地看着别人的脸了……

以为自己放弃了爱，就姑且忘记了自己的爱，这乍看不免迂阔。我忘记了自己的勃起，这其实是爱的最明白的标志。实际上，长期以来我的勃起都是在毫不自觉的情况下发生的，而且我独自一人时，勃起促发的"恶习"其实也是在不自觉之中进行的。在我已经具有正常水平的性知识的同时，我也尚未因自己与别人的差别而

1. 斯巴达式训练法，古希腊城邦斯巴达推行的勤俭、尚武的国家主义式教育训练，后来借指严格的教育方式。

感烦恼。

话虽这么说，但其实我并没把自己这种脱离常规的欲望当作正常和正统的现象，也并没有误以为所有的友人都跟我抱有同样的欲望。奇怪的是，由于我贪读浪漫故事，导致自己像个不谙世事的少女，将所有美好娴雅的梦想都寄托于男女的恋情和婚姻之中。我把对近江的恋情当作废弃无用的谜语扔进垃圾堆，并不去深究其意义。当时的我完全没有现在写"爱"写"恋"时的这种感觉。我做梦也没想到，这种欲望是一个与我的人生有着重大关联的谜语。

然而，我的直觉却要求着孤独，这种要求是借着一种不明其由的异样的不安——我以前也曾说过的，早在幼年时代我就对自己将成为大人而怀有的强烈不安——表现出来的。我的成长感始终伴随着异常严重的不安。随着身高的不断增加，每年都必须把裤子放长，所以在那个时代，做裤子时便多留一些折边。像每个家庭一样，我在家里的柱子上用铅笔画下自己身高的记号，这通常在客厅当着家人面做。每次长高的时候，家人或是拿我开玩笑，或是单纯地为我高兴。我虽强作笑脸，但一想到自己将长成大人一样高时，就不免预感到某种可怕的危机。我对未来感到的茫然不安，一方面提高了我脱离现实的梦想能力，一方面也把我驱向了那种逃离梦想的"恶习"。我的不安认可了这点。

"你一定活不过二十岁。"

朋友们看着我的羸弱而奚落我。

"这太可怕了。"

我强作苦笑状，同时又奇妙地从这预言中体味到一种甜蜜、感伤的溺惑。

"我们来打赌吧。"

"那我只好赌自己会活下去了，"我答道，"如果你赌我会死的话。"

"是的，很对不起，你输定了。"朋友带着少年特有的残酷，反复说道。

并非我是这样，同年级的同学也都一样，我们的腋窝还不见有近江那样旺盛的东西，只有一点点新芽般的征兆而已，因此以前我也不会特别注意那个地方。而使那东西成为我的一种固定观念的，显然是近江的腋窝。

洗澡时我会在镜前站很久。镜子冷漠地映照出我的裸体。我的模样如同一只丑小鸭，一心以为自己长大后就会变成天鹅。可是我的情况与那英雄式的童话主题恰恰相反，一方面我从镜中自己细窄的肩和瘠薄的胸去强索一种期待，期待有一天我的肩会像近江的肩，我的胸会像近江的胸；一方面又有一种薄冰般的不安仍在我内心四下扩张。与其说那是不安，莫若说是一种自虐性的确信，一种神谕般的确信——"我绝不可能像近江那样。"

　　元禄时期[1]的浮世绘往往把相爱男女的容貌描绘得惊人地相似，希腊雕塑对于美的普遍性追求也倾向于男女的相似。这难道没有一种爱的秘义存于其中吗？在爱的深处，难道没有一种不可能实现的热望——希望自己与对方一模一样——在流动吗？这种热望不是在把人引向一种悲剧性的逆反，即期望从相反的极点把不可能变为可能吗？换言之，相爱者既然不能变得完全相似，不如索性就设法使双方全然不同——在人们的内心中，难道

---

1. 元禄时期，江户幕府第五代将军德川纲吉执政时期（1688—1703）。

没有这样一种结构吗？如此便可以从逆反的极点讨对方的喜欢。然而可悲的是，双方的相似瞬间就会以幻影的形态告终，即使恋爱中的少女变得果敢，恋爱中的少男变得内向，他们也只能为了变得相似而穿越相互的存在，飞向彼方——已经没有了目标的彼方。

根据上述秘义，我的嫉妒也还是一种爱，尽管这种嫉妒强烈得令我要使自己放弃爱。我甚至爱上了自己腋窝"与近江相似的东西"，那东西正缓慢地、小心翼翼地、一点点地萌生，成长，变黑……

暑假来临了，它对我来说，是一种急切盼望而又难以应付的幕间休息，也是一场向往已久而又令人不快的宴会。

自从患了轻微的小儿结核病，医生就禁止我暴露在强紫外线下，也禁止我在海边受直射光照半小时以上，如果违背这项禁令，我立刻就会受到发烧的报应。我因不能参加学校的游泳训练，至今不会游泳。若联想到日后在我心中执拗地发展以至于有时令我不能自制的"海的蛊惑"，我不会游泳这件事本身就具有暗示意义。

话虽如此，当时我对大海尚未感到有难以抗拒的诱惑，为了使这个根本不适合我，却又莫名其妙地令我憧憬的夏季不致无聊，我跟母亲、弟弟妹妹去 A 地海岸度过了这个夏天。

我突然发现自己一人被留在了大礁石上。

刚才我跟弟弟妹妹顺着海岸寻找礁石间的小鱼，来到了这块大礁石旁。因为找不到想象中的收获物，年幼的弟弟妹妹已开始厌倦。这时，女佣前来接我们去母亲所在的海滩伞下，我板着脸拒绝了，女佣便留下我，带走了弟弟妹妹。

夏日正午后的太阳不间断地抽打着海面，整个海湾就是一片巨大的眩晕。离岸较远的海面上，夏天的云半浸在海中默默地耸立着，一副雄伟、悲伤、预言者的姿态，云的肌肉似雪花石膏[1]般苍白。

至于人影，除了从海滩开出去的两三艘快艇、小船及数艘渔船上的人，看不到别的人影。一切都笼罩着一

---

1. 雪花石膏，细粒的块状石膏，通常呈透明雪白色，纹路似大理石，用于雕塑、装饰。

种精致的沉默。轻柔的海风像快活的昆虫，拍打着无形的翅膀来到我的耳边，似是在对我说一些微妙的悄悄话。这附近的矶石，多是倾向海中的平坦岩石，像我所坐的这种险峻的礁石，不过还有两三处而已。

波浪起先是以一种不安的、绿色隆起的形状，从远处的海面滑行过来，凸出于海面的低矮礁石群高溅飞沫，进行着抵抗，就像高举求救的白手，同时又像浸身于波涛那深沉的充溢感中，梦想着摆脱束缚的漂流。可是那绿色的隆起转眼间就离开礁石，以同样的速度向海滩滑来。少顷，有东西从这绿色的隆起之中苏醒、立起，波涛也随之高耸，让我们看到了巨大的海之斧砍向海岸的整个锐刃侧面。这深蓝色的断头台溅着白色的血沫砸了下来，这时，跟着破碎的浪尖翻滚而下的瞬间，波脊映出了至纯的蓝天，那种蓝非此世能有，就像临终者瞳中所映蓝天一样。那些露出海面并被海水侵蚀过的礁石群，在被波浪袭击的那一瞬间隐身于白色的泡沫之中，但在余波退后立即变得灿烂。我从礁石上看到寄居蟹踉踉跄跄，海蟹面对这炫目的情景一动不动。

我的孤独感立即与对近江的回想混在一起。近江的生命中充满了孤独，这种孤独产生于生命对他的束缚。对这种孤独的憧憬使我开始希望仿效他的孤独。眼下我的孤独从外表看有点像近江的孤独，我希望学他的方式，来享受自己面临海的横溢时这空虚的孤独。我独自扮演近江和我自己这两个角色，为此必须多少找到一些与他的共同点才行，这样我就能代替他去体会他自己也许尚未体会到的孤独，就好像这种孤独中充满了快乐一样；我还应把自己见到近江时的快感幻想成近江自己也会有的快感。

自从迷上了圣塞巴斯蒂安的画像，每当我裸着身子时就不知不觉地习惯于把自己的双手交叉在头顶上方，只是我的身体瘦弱，也没有塞巴斯蒂安那样丰腴端丽的容貌。至今我在无意中仍会这样做，每当这时，我的目光便会移向自己的腋窝，一股莫名的情欲也随之涌起。

——夏天来临之际，我的腋窝也开始有了黑色的草丛，虽不比近江，却也是与近江的共同点。这情欲明显有近江的作用，但不可否认的是，我的情欲已经转向我自己的腋窝。当时，海风吹得我鼻孔发颤，骄阳晒得我裸露的肩和胸隐隐作痛，视野之内又空无一人……所有这些驱使我做出自己在蓝天下的第一次"恶习"，而且我把自己的腋窝选作这次"恶习"的对象。

……一种莫名的悲哀使我全身发抖，孤独像太阳般灼烧着我，蓝色的毛质短裤令人不快地贴着我的腹部。我慢慢走下大礁石，把脚浸入海水中。余波使我的腿看上去像已死的白色贝壳。我能清楚地看到海水中嵌有无数贝壳的石板像在波纹中摇曳。我跪在水中，这时，破碎的波浪吼叫着逼近，撞上了我的胸膛，我几乎置身于飞沫的包裹之中。

——当波浪退去时，我的污浊也被涤净。我无数的精虫随着波浪而去，跟海中无数微生物、无数海藻的种子、无数的鱼卵等各种生命一起被卷入泡沫飞溅的大海中而被带走。

秋天新学期开始的时候，近江没来上课，开除学籍的处分公告贴在布告栏上。

这时同班同学好像死了僭主的人民，每个人都说了他的坏话，诸如借给他十元钱他没还，被他笑嘻嘻地抢走进口钢笔，被他卡住脖子……好像每个人都受过他的欺负，可是我对他的坏事却一无所知，这使我妒忌得要发疯。不过他被开除的原因并无确定的说法，我的绝望也稍微得到宽解。那些每个学校都有的消息灵通的活络学生，也打听不到近江被开除的原因。当然，老师也只是微笑着说了一声"他做了坏事"而已。

只有我对他做的坏事有一种神秘的确信：他定是参加了某件连他自己都还不十分了解的庞大阴谋。他这种"恶"的灵魂所激发的意欲，才是他生活的意义和他的命运——至少我是这么想的。

于是，这"恶"的意义在我心中发生了变化。它所催生的庞大阴谋、具有复杂组织的秘密结社、有条不紊的地下战术，必定是为了某位不为人知的神而服务的。他信奉那个神，设法使人皈依它，结果遭到密告而被秘密处决。他在一个傍晚裸着身子被带到山丘的杂木林，在那里，他的双手被高举着绑在树上，第一支箭穿过他的侧腹，第二支箭穿过他的腋窝。

我又进一步想：他在单杠上做引体向上时的姿态，比其他任何东西更适于让我想起圣塞巴斯蒂安。

中学四年级时，我得了贫血症，面色越来越苍白，手如草色。爬了较高的楼梯，就像有白雾般的龙卷风在我的后脑勺凿了个洞，令我几乎昏倒，必须蹲一会儿才行。

家人带我去看医生，被诊断为贫血症。那是一位熟识且有趣的医生，家里人问他贫血症是种什么样的病时，他答道："还是让我用参考书上的话来说明吧。"当时我已经诊查完了，站在医生旁边，可以窥见他所读的那一页，而面对他的家人则看不到。

"……嗯，下面谈病因，也就是生病的原因。'十二指肠钩虫'，这是很常见的，少爷可能就是这个病因，需要检查粪便。还有'萎黄症'，这种情况很少有，而且是女人的病……"

这时医生跳过了书上的一项病因没读，嘴里嘟哝着合上了书，但我已看到了他跳过没读的病因，那就是"自渎"。我的心跳因羞耻而加快。医生已看穿了病因。

医生给我注射砷剂。过了一个多月，这种毒素的造血作用治好了我。

但是没人知道我的贫血跟我对血的欲求有着一种异常的关系。

先天的血液不足，使得一种向往流血的冲动植根于我，而这种冲动更使我的身体失血，于是越发使我嗜血。这种销蚀身体的梦想生活磨砺了我的想象力。我那时虽还不知道萨德[1]的作品，但以自己的方式，从《暴君焚城录》[2]中有关古罗马竞技场的描述得到的感受，建立了对杀人剧场的构想。在古代竞技场上，只是为了取悦观众，年轻的罗马角斗士就得奉献生命。死亡必须是血淋淋的，还要有仪式感。我对所有形式的死刑和刑具都感兴趣，但拷问刑具和绞刑因为不见血，所以我敬而远之。枪炮之类使用火药的凶器也不合我意，我尽量选用原始又野蛮的箭、短刀、矛等。为了使痛苦延长，应攻击腹部，必须使牺牲者发出长久、悲伤、痛苦的叫声，让人感到一种难以言喻但确实存在的孤独。这样，我生命的欢喜便从深处燃烧起来，最后发出叫声，以应和牺牲者的叫声。这不正是古代人狩猎的欢悦吗？

希腊士兵、阿拉伯的白人奴隶、蛮族王子、酒店的

---

1. 萨德（Marquis de Sade，1740—1814），法国色情文学作家。
2. 《暴君焚城录》（*Quo Vadis*），原作是波兰作家显克微支的小说，描写暴君尼禄焚毁罗马城的故事。此处应指根据该小说改编的影片。

电梯服务生、勤杂工、二流子、士官、马戏团的年轻人等，都被我空想的凶器杀戮。我不懂爱的方式，便错误地把所爱的人杀掉，就像蛮族的掠夺者一样。他们倒在地上还在抽搐时，我去吻他们的嘴唇。我像是受到了某种暗示，发明了一种刑具：在轨道的一边固定刑架，一块厚木板从轨道另一边滑向刑架，木板上插着十几把短刀，组成人的形状。在一家死刑工厂中，贯穿人体的车床不断地运转着，血汁加入甜味做成罐头出售。许多牺牲者的双手反绑，被送到这个中学生脑海中的竞技场来。

刺激逐渐加强，进入了人所能达到的最坏的一种空想。这空想中的牺牲者也是我的同班同学，一位擅长游泳、体格健壮的少年。

那是一处地下室，正在举行秘密宴会。洁白桌布上的典雅烛台闪闪发亮，盘子左右摆放着银制刀叉，盛开的康乃馨也是照例不可少的。奇怪的是餐桌中央留着一个过大的空位，过一会儿想必会有一个特大的盘子放在那里。

"还没到吗？"

一位与会者问我。他的脸部暗得看不清楚，但那是庄严老者的声音。出席者的脸部都是昏暗模糊的，人们只是在烛光下伸出白手操纵着亮晃晃的银制刀叉，不断传来窃窃的交谈或自言自语般的喃喃声。除了椅子偶尔嘎吱作响，再无其他显著的声音。这是一次阴郁的宴会。

"大概马上要来了吧。"

我这样回答，但大家报以阴郁的沉默，好像不满意我的回答。

"我去看一下。"

我站起来开了厨房门，厨房的一角有通往地面的石阶。

"还没好吗？"我问厨师。

"什么？快好了。"

厨师在切着菜叶般的东西，头也不抬地回答，也是一副不大高兴的样子。那块厚板料理台有一两张铺席大小，上面什么也没有。

笑声从石阶上传下来。我看到另一个厨师拉着我同班同学中一位体格健壮的男孩走下来，这男孩穿着普通的长裤和敞胸的藏青色马球衫。

"啊，是 B 啊。"我随口招呼道。

他走下台阶，双手插在口袋里，恶作剧似的朝我笑着。

这时厨师突然从后面上来卡住他脖子,男孩激烈地抵抗着。

"……这是柔道手法……叫什么来着……哦……叫绞首……不会真死的……只会昏过去而已……"

我一面想,一面看着这场痛快的搏斗。男孩在厨师强劲的手中突然垂下了脑袋,厨师若无其事地把他抱上料理台,这时另一个厨师过来,以熟练的手法脱去男孩身上的马球衫和长裤,摘下手表。男孩眼看着就全裸了,微微张嘴仰躺着。我对着他的嘴接了个长吻。

"是仰卧还是俯卧好?"厨师问我。

"仰卧较好吧。"我回答,因为这样可以看到他琥珀色盾牌般的胸膛。

另一个厨师从架子上取下约一个人身量大小的西式盘子。这盘子很特别,两边各开了五个小洞。

两个厨师叫着号子,合力使晕厥的男孩仰卧在盘子上。厨师快乐地吹着口哨,把绳子从盘子两侧穿过小洞,将男孩的身体紧紧绑住,那快速的手法表明了他们的熟练程度。大生菜叶漂亮地排在裸体周围,还在盘子里配上了特大的铁制刀叉。

两个厨师喊着号子抬起盘子。我打开餐厅的门。

善意的沉默迎接着我。盘子被放在灯光照耀下的餐桌空处。我回到自己的座位，从大盘子旁拿起特大的刀叉。

　　"该从哪里下手呢？"

　　没人应答。我感觉到好多张脸伸向大盘周围。

　　"这里比较好切吧。"

　　我把叉子插进心脏，血喷上了我的脸。我右手拿刀，开始慢慢地把胸肉切成薄片……

　　我的贫血虽然治好了，恶习却越来越严重。几何老师Ａ的脸是所有教师中最年轻的，上几何课时，他的脸让我百看不厌。据说当过游泳老师的他，拥有被海边阳光灼晒过的面色和渔夫般的粗嗓门。冬天，我一只手插进裤子，一只手把黑板上的字抄在笔记本上。写着写着，我的视线离开笔记本，下意识地追随着Ａ的身影。Ａ一面用年轻的声音反复讲解几何难题，一面来来回回地上下于讲台。

　　官能上的烦恼已经深深地渗入我的日常生活之中。不知不觉，这位年轻教师在我的眼前幻化成了希腊神话中的大力士赫拉克勒斯[1]。当他左手拿着板擦移动，右手拿着粉笔写方程式的时候，我从他的衣服背部褶纹看到了《拉弓的赫拉克勒斯》的肌肉纹理。我终于在上课时犯了恶习。

下课时，我茫然地垂着头来到运动场上，我的——是我单恋中的，并且是留级生——恋人走过来问：

"你昨天是不是去片仓家吊丧了？情况如何？"

片仓是个温柔的少年，因结核病去世，前天下葬了。听朋友说他死后脸变得像恶魔一样，与生前迥然不同。所以我算好日子，等他烧成骨灰后才去吊丧。

"没有什么，反正已经变成骨灰了。"我只能淡淡地回答这么一句，突然又想起转告一句能讨他喜欢的话，"啊，还有，片仓的母亲再三要我向你问好，叫我告诉你，今后她会觉得孤单的，让你一定要去玩。"

"坏蛋！"他使劲而又不失温情地朝我胸口戳了一把，令我吃了一惊。我恋人的脸因一种未脱稚气的羞涩

---

1. 赫拉克勒斯（Heracles），希腊神话英雄，主神宙斯与阿尔克墨涅之子，力大无比，后被作为大力士的象征。

而变得通红。他看着我，眼中闪烁着一种视我为同类的亲切，这种眼神我以前很少见过。他又说了一声"坏蛋"，然后说："你也变坏了，笑得不怀好意。"

我一时感到莫名其妙，虽也跟着一起笑，却在半分钟间不解其由。后来我终于明白了，片仓的母亲是位年轻寡妇，漂亮而苗条。

比这更让我心情凄惨的是，我的反应之所以如此迟钝，不是出于我的无知，而是出于他与我在关注点上的明显差异。对于这种明显的距离感，我本应有所预见并视作当然，却还反应迟钝并感到惊奇，这实在令我觉得窝囊。我没有想过片仓母亲的话会使他有何反应，只是无意识地传话给他，还认为能取悦于他。自己这种幼稚的丑态就像小孩子的哭脸或是哭过后挂着泪痕的样子，简直让我绝望。我曾上百万遍地自问为何不能继续这样了，如今我已被这个问题弄得精疲力尽。我已厌倦透了，厌倦自己在保持纯洁的状态下糟蹋了自己的身子。我觉得只要自己努力（说得多好听呀），大概也还是可以摆脱这种状态的。我现在厌倦的明明是自己人生的一部分，我却还浑然不知，以为自己厌倦的是梦想而非人生。

　　我被催促着走出人生。是走出自己的人生吗？即使不是自己的人生，我也必须出发，向前迈动自己沉重的步履，这个时期已经到来。

第三章

人人都说人生像个舞台，但是像我这样从少年末期就一直执着于"人生即舞台"这种观念的人，大概为数不多。那虽然已是一种确切的意识，但还毕竟掺杂着质朴、涉世未深的因素，因此在内心某处虽也疑惑于别人是否也像我这样向人生出发，却又有七成把握地认为无论是谁都是这样开始人生的。我乐观地相信，只要将戏演完，帷幕就会落下。关于我早夭的假说也与此有关。但是后来这种乐天主义，或者说是我的梦想，却遭到了非常严厉的报复。

为了慎重起见，我在这里要说的并非通常所谓的"自我意识"的问题，而单纯是性欲问题。我还不打算在这里谈及其他问题。

本来劣等生的存在是由于先天的素质，但我为了跟其他人一样升级，便采取了姑息手段，也就是连内容也没看懂，便在考试中把同学的答案偷偷地抄下来，再若无其事地交上去。这种比考试时偷看书更不动脑筋、更厚脸皮的方法，有时会获得表面上的成功。然后就升级了。像这样的人，升级后的课程是以掌握了上一年级的知识为前提进行的，只有他一点也不懂，听课也不知所云。因此面前只有两条路，一是索性放弃，一是使劲装懂。至于走哪条路，取决于他的懦弱和勇气的质而非量，无论走哪条路都需有等量的勇气和等量的懦弱，而且都必须对懒惰抱有一种诗一般的永续性的渴望。

一次在学校的围墙外，我加入了一群同学之中，他们一面走一面七嘴八舌地议论一个不在场的同学喜欢巴士女售票员，此番议论最后转为一个一般性的话题：巴士女售票员好在哪里？这时我用一种有意识的冷冰冰的口气扔出一句：

"还不是因为那身制服。好就好在制服贴在身上的样子。"

不用说，我从来没有因女售票员的肉感而受诱惑，只是一种类推——纯然的类推——一种与我年龄相应的表现欲使我说了这话，为的是表示自己对这事有一种老成、冷淡、好色的见解。

我的话引起了过度的反应，这群在学校成绩优良、品行端正的稳健派人士七嘴八舌地说：

"想不到你还有这一套。"

"要不是经验丰富，怎会直截了当地说出这话。"

"其实你很可怕呢。"

面对这些天真、感慨的批评，我觉得效果有点过度了。即使是同样的意思，如果用比较隐晦的说法，也许能让我看起来更有深度一些。我由此反省，说话时应再斟酌一下才好。

十五六岁的少年，在这种与年龄不符的意识操作过程中最易陷入的错误，就是认为自己比其他少年稳健得多，因此可以操控自己的意识。我的情况并非如此，是我的不安和不确定感要求我比其他人更早地规制自己的意识。我的意识只不过是一种错乱的道具，我的操控也只不过是一种不确定的、离谱的自我衡量。根据斯蒂芬·茨威格[1]的定义，"所谓恶魔，都是一种不安定（Unruhe），它天生于人的内部，并将人赶往自我之外，驱向超越自我的无限中去。'它'宛如自然从其过去的混沌中把某种不能去除的不安定的部分留在了我们的灵魂之中"，这种不安定的部分带来压力，因为它"想要还原成超人性、超感觉的要素"。当意识只具备解释的功用时，人自然也就不需要意识了。

我自己丝毫没从女售票员身上感受到任何肉体的魅惑，却以纯然的类推和一番斟酌，有意识地说出那话，让同学们吃惊，让他们脸红，甚至以思春期敏感的联想能力，由我的话中受到一种隐隐约约的肉感刺激。看到眼前这种情景，我自然涌起一种坏坏的优越感。但是我的心并不止于此，接着轮到我自己受骗，优越感以一种偏颇的方式觉醒，其过程如下：优越感的一部分变为自恋，变成自以为比他人略高一筹的陶醉。这种陶醉感若比优越感的其他部分先觉醒，那么就会在其他部分尚未觉醒

---

1. 斯蒂芬·茨威格（Stefan Zweig, 1881—1942），犹太裔奥地利作家。

的情况下，错误地以自己的意识判断为优越感已全部觉醒，于是"高人一筹"的陶醉就会被修正为"我也与众人一样"的谦逊，又会因误判而演绎成"我在任何方面都与众人相同"（未醒的部分为这种演绎提供了可能和支持），最后就导出"谁都这样"的偏执结论。意识作为错乱的道具，在这里起了强有力的作用……我就这样完成了自我暗示。这种自我暗示，这种非理性的、荒唐的、虚假的，并且我自己也发现其是明显自欺的自我暗示，从这时开始至少占据了我百分之九十的生活。我想大概没有人比我对"附体现象"更脆弱的了。

读到此书的人应该也明白了吧，我之所以能对巴士女售票员做一点点肉感的描述，其原因实在是很单纯的，我却恰恰没有意识到这点。那非常单纯的原因就是：我对女性的事情并不具备其他男孩天生具有的羞耻心。

为了避免别人批评我是用现在的想法分析当时的自己，我现在把十六岁时所写的一段文字抄录于此。

……陵太郎毫不犹豫地加入到陌生朋友中间。

他相信，稍有一点快活的举止，或是故作快活的样子，就可以把那种无来由的忧郁和倦怠囚禁起来。盲信是信仰的最佳要素，让他置身于某种炽热的静止状态之中。在加入无聊的说笑或恶作剧时，他始终在想，"我现在既非无能也不孤单了"。他把这称作"忘记忧郁"。

周围的人始终因怀疑自己是否幸福或快活而烦恼，这其实就是幸福正常的存在方式，正如疑问本身就是最确实的事实一样。

然而陵太郎独自定义为"很快活"，把自己置身于确信之中。

按照这样的顺序，人们的心会倾向于他所谓的"确实的快活"。

终于，朦胧但真实的东西被强行关进虚假的机械之中，机械开始强力运转，人们并未意识到自己身处"自我欺瞒的房子"之中……

"机械开始强力运转……"

机械真的强力运转了吗？

少年时代的缺点就是相信：把恶魔英雄化，恶魔就会满足。

不管怎么说，我向人生出发的时刻已经迫近。我用于这趟行程的知识储备是：许多小说、一本性典、跟朋友传阅的春宫画、每逢野外演习的晚上便可从同学那里听到的大量幼稚的下流故事……大概就是这些，而那火一般的好奇心，却是更胜于这一切的忠实旅伴。我上路前的最佳思想准备就是决心成为"虚假的机械"。

我仔细研究过许多小说，调查我这种年龄的人如何感受人生以及如何与自己对话。我没有经历过集体宿舍的生活，没有加入过运动队；而且我们学校里有很多正人君子，过了那种无意识的"下流游戏"时期以后，便极少再会涉及那些下作的话题；再加上我又非常内向，很难与同学坦诚地单独交流此类话题。所以上自一般性原则，下至对我这样的男孩子独处时会想什么进行推理，我都必须把这些问题带上新的行程。在灼热的好奇心方面，我们所共有的思春期好像也曾降临于我。到了这个时期，好像男孩子们都整天胡思乱想女人的事情，脸上冒出青春痘，头脑经常发热，喜欢写些甜腻腻的诗篇。

那些研究性问题的书籍连篇累牍地大谈自渎的危害，也有书则说自渎并无大碍，不必担心。看到这些说法，我便意识到男孩子们从这个时期开始似乎都热衷于自渎了，在这一点上我与大家完全相同！尽管相同，这种恶习的心理对象却迥然有别，我出于自我欺瞒的心理，对此置之不顾。

首先，别人好像是从"女人"这个字眼受到异常的刺激，心中稍一浮现"女人"这个字眼，他们就会脸红；而我对"女人"这个字眼，丝毫不比看到铅笔、汽车、扫帚之类的字眼时有更深刻的感受。这种联想能力的欠缺，正如讲到片仓的母亲时一样，常常在我与朋友讲话时出现，令人觉得我这个人反应迟钝。他们以此为由而认为我是诗人，并借此来理解我。可是又因为我恰恰不愿被人认为是诗人（因为据说诗人必定会在女人面前碰钉子），为了与他们有共同的语言，我用人工方式陶冶出了这种联想能力。

有些情况我并不知道，比如：他们不仅在内在的感觉方面，而且在外界引起的一些看不见的反应方面，与我都有明显的差异，也就是说，他们如果见到女性裸体照片，立刻会发生勃起，唯有我不会。我发生勃起的对象（那都是从一开始就由我凭着倒错爱的特质而严格挑选的）是爱奥尼亚型的青年裸像之类，而这对于其他男孩不具有任何引发他们勃起的作用。

我在第二章中特意详细写到了勃起，就是与此有关，因为我的自我欺瞒就是缘于自己在这方面的无知。各种小说写到接吻的场面时，都省略了关于男人勃起的描写，这是理所当然的，因为那是不必描写的。甚至在研究性问题的书中，也对仅仅接吻就能发生的勃起略而不提，我从书中看到的是：勃起是肉体交合之前或幻想那种情景时才会发生的。这让我觉得：哪怕没有任何欲望，只要到了那种时候，我也会突然——宛如灵感自天而降——勃起。但我心中也有一成的感觉是："不，唯有我是不会的吧。"这种感觉表现为我的种种不安，于是我想：自己在行恶习的时候想到过女人的某一部分吗，哪怕只有一次，哪怕只是试试？

我没有那样去做。我以为自己之所以没有去做，不过是由于我的怠惰！

结果我一无所知。我不知道我之外的男孩子每晚梦见，昨天在街角随眼一瞥过的女人一个个裸着身子转悠；我也不知道，女人的乳房像夜晚浮上海面的水母般无数次地浮现在男孩子的梦中；我还不知道女人们最宝贵的部分正长着湿润的唇，几十次、几百次、几千次，没完没了地唱着美人鱼的歌……

是由于怠惰吗？或许是由于怠惰吧？我为此感到疑惑。我在人生中投入的勤勉全都由此而来。我的勤勉最终都用来为这一点怠惰进行辩护了，以作为能继续维持怠惰的安全保障。

首先，我想到要把有关女人的记忆整理一下，只是这种记忆非常贫乏。

有一次，那是十四五岁时的事情，父亲要调任大阪的那天，去车站为他送行后，有几位亲戚来了我家。也就是说送行后，他们一行跟着我母亲、弟弟妹妹以及我一起回到我家来玩，其中有我的表姐澄子，她二十来岁，尚未结婚。

她的门牙有点龅，那是洁白而漂亮的门牙，笑的时候，那两三颗牙齿像是为了引人注目而故意先闪闪发亮地露了出来，让她的笑显得格外讨喜。龅牙的不调和，像是在她容姿那柔与美的调和中滴入了一滴香料，强调了这种调和，为她的美貌增加了韵味。

如果"爱"这个字不恰当的话，可以说我"喜欢"这位表姐。打小时候起，我就喜欢从远处看着她，当她刺绣的时候，我曾经在她旁边什么事情也不做地呆坐一个多小时。

姑妈她们进入里屋后，我跟澄子默默地并排坐在客厅的椅子上。送行时的杂沓践踏我们脑海时留下的痕迹尚未消失，我感到十分疲倦。

"啊，好累！"

她打了一个小小的哈欠，并拢了白皙的手指掩住嘴，又慵懒地用手指轻轻地拍了两三下嘴，像是在施什么魔法。

"你不累吗，小公？"

澄子用两只袖子蒙住脸，不知怎的就把脸沉沉地落到我在她旁边的腿上了，然后慢慢地挪动了一下，转变了脸的朝向，之后就静止不动了。我的校服长裤因有幸作为她的枕头而瑟瑟发抖，她的香水和白粉的味道令我惶然，她的侧脸一动不动，那双倦怠而又澄澈的眼睛静静地睁着，让我不知所措……

　　那事就仅此而已了，但我始终记得曾短暂地存在于我的腿上的那奢侈的分量。那不是肉感，而只是某种极其奢侈的喜悦，有点类似勋章的分量。

　　在上学来回的巴士上，我常常遇见一个贫血体质的少女，她的冷漠引起我的注意。她无聊地眺望窗外，仿佛厌倦于一切事物。她那微微突出的嘴唇让人觉得颇有硬度，常常吸引我的目光。倘若没有她在车上，我会怅然若失。不知不觉间，她已成为我乘车的目的。我想，这就是恋爱了吧？

　　我完全不知道，我无论如何也难以理解恋爱和性欲有什么关联。近江对我的那种恶魔般的吸引力，当时我当然是不打算用“恋”字来解释的。我在考虑自己对巴士里那个少女产生的些微感情是否为恋情，同时，我也被年轻粗野的光头司机所吸引。无知使我不急于解开这种矛盾。我看着年轻司机的侧脸时，视线中带有一种无从回避的窒息、难受、压抑的成分；而瞟视少女时的眼神，好像有一种刻意的、人工的、容易疲劳的感觉。在不了解这两种眼神有何关联的情况下，这两种视线在我的内部泰然同栖，毫无障碍地共在。

作为当时那种年纪的少年，我看上去似乎过于缺少"洁癖"的特质，或者可以说是似乎缺少"精神"上的才能，如果把这解释为我那过于强烈的好奇心使我对伦理道德毫不关心，那么我这种好奇心就似久病的患者对外界所怀的一种绝望的憧憬，同时又跟不可能实现的确信不可分地结合在一起。像这样一半是无意识的确信，一半是无意识的绝望，使我的希望显得特别生动，简直让人误以为是一种奢望。

虽然还很年轻，我却已不知不觉间在自己内心养成了明确的柏拉图式的观念。能否说这是一种不幸呢？世间通常所谓的不幸，于我来说究竟意味着什么呢？我对肉感的朦胧不安，使我仅将肉体方面作为自己的一种固定观念，那些原本跟求知欲望没有多大区别、纯属精神方面的好奇心，却被我自己轻易地相信为"这正是肉体的欲望"，结果使我习惯于蒙骗自己，以为自己真有淫荡之心，并使我形成了一种似乎长于此道的态度，摆出一副对女人厌倦已极的样子。

　　首先，接吻成了我的一种固定观念。如果放在今天，我已可以这么说：接吻这一行为对我来说，只不过是我的精神在其中寻求某种寄托的表象而已。但当时我却把这种欲求误信为肉欲，因此不得不强使自己做出忧心忡忡的样子。这种矫饰自己本性的下意识的愧疚，就是如此执拗地促使我形成了一种有意识的演技。但是反过来想，人难道真能如此完全地背叛自己的天性吗，哪怕只在一瞬之间？

　　不这样想的话，大概是无法对这样一种不可思议的心理结构——也就是欲求自己不能欲求的东西——做出解释的。那些讲伦理的人不去欲求自己不该欲求的东西，而我若与他们恰恰相反，岂不就是抱有最最不伦之念了吗？如果这样，这种欲念岂不是过于可爱了吗？我是否已完全地伪装了自己，完全因循守旧地行事了呢？关于这方面的检讨，已成为我将来不可轻忽的功课。

　　——大战开始后，伪善的禁欲主义风靡全国，高中也不能例外。我们进初中就开始向往留长发，但直到上了高中，这个愿望仍是一时无望实现。花哨袜子的流行已成过去，军训课大量增加，种种荒唐的革新也在酝酿之中。

尽管如此，我们学校的校风却一向善于搞表面的形式主义，所以我们在校园生活中并未感到太多的拘束。派驻学校的军官中，大佐是个通情达理的人，前特务曹长 N 准尉则由于讲话时带嘶嘶的腔调，被取了个"嘶特"的绰号，还有他们的同僚"笨特"和长着狮鼻的"狮特"，他们全都接受了这种校风并甚得要领。我们的校长是个具有女性性格的老海军上将，他以宫内省作为后台，安稳地采取无关痛痒的渐进主义，以保他的地位。

在这种状况下，我学会了烟酒，但都是学个样子而已。战争奇妙地教给我们一种感伤的成长方式，把人生看到二十几岁为止，之后的事全然不顾。人生的分量被我们看得不可思议地轻飘，就像一片咸水湖，以二十来岁为区隔，盐分会突然变浓，身子可以轻易地浮起。因其落幕的时刻已经不远，我就更应抓紧演好这场演给自己看的假面戏。我尽管想着明天就要出发，明天就要出发，可是出发的时间却一天天延后，经过了好几年，<u>丝</u>

毫没有启程的迹象。这个时代对我来说不正是唯一的欢愉时代吗？心中虽然不安，却也只是模糊的不安，我仍抱着希望，总是在未知的蓝天下眺望明天。在那个时代，对旅行的空想、对冒险的梦想、自己日后成人后的肖像、我尚未见过面的美丽新娘的肖像、对自己声望的期待……这一切就像旅游指南书、毛巾、牙刷、牙膏、换洗的衣袜、领带、肥皂等东西一样，齐备地放在旅行箱中等候出发。对于我来说，战争才是一种孩童般的欢乐。我真的相信，即使中弹，我也不会感觉疼痛。这种过剩的梦想，现在仍丝毫未见消退。这种对于死亡的预想，甚至让我因未知的欢愉而战栗。我感到自己仿佛占有着一切，因为只有忙于行前准备工作的阶段，才是自己完全占有旅行全过程的阶段，之后剩下的所谓旅行本身，则仅是一种破坏这种占有的操作，属于一种完全的徒然。

后来我把接吻这种观念固着于一张嘴唇，其动机也许仅是觉得这样可以使自己的空想显得有点依据而已。明明不是欲望，我却不顾一切地要使自己相信这是欲望，这在前面已经说过。这本身就是一种不合理的欲望，我却将其混淆为本真的欲望。我有一种强烈而又不可能实现的欲望，那就是希望我不是我自己，而世人的性欲却是因为他们就是他们自己而产生的欲望，我把这两种欲望混淆了。

那时候，我有个平时话不投机却又相处甚洽的同学，他姓额田，个性轻浮，与我同班。他似乎是因为要请教初级德语方面的各种问题，把我当作一个通情达理、无须戒备的对象而选我做伙伴的。我无论做什么事，开始阶段总是非常上心，在初级德语方面被认为学得不错，被贴上了优等生（这个称呼有点神学生的味道）之类的标签。其实我内心是何等地讨厌这种标签（可是除了这个标签，再也找不到其他可以作为护身符的标签），何等地向往"恶名"，也许都被额田凭直觉所觉察。他的友情具有一种引发我弱点的力量，那是因为他属于那种被顽固派人士嫉恨的男人，他那里会似有似无地传出一些有关女性世界的消息，就像灵媒在传达灵界的信息一样。

最初对我传达女性世界信息的灵媒是那位近江，但那时的我还更接近于本真的我，所以仅满足于把近江的灵媒特质视作他的一种美。而额田的灵媒作用却使我的好奇心拥有了超自然的框架，这也许是因为额田一点也不美。

前面所说"一张嘴唇"，是指我去额田家玩时看到的他姐姐的嘴唇。

这位二十四岁的美人自然而然地把我当孩子看。我在观察她周围男人的过程中，发现自己全无足以吸引女人的特点。这意味着我绝无可能成为近江，反过来却又让我明白，我希望成为近江的愿望其实就是对近江的爱。

尽管如此，我还是深信自己爱上了额田的姐姐。我也跟其他情窦初开的同龄同学一样徘徊于她家周围，或是久久地赖在她家附近的书店，苦等她从面前经过的机会。我还会抱着枕头，想象抱着她的情景，或是反复描绘她的唇形，或是痛苦万分地自问自答……这些刻意的努力，给我的内心造成了一种类似于麻木的异常的疲劳感。而我内心本真的部分，已经清楚意识到那种不断自言自语"我爱她"的心理非常不自然，并用恶意的疲劳进行抵抗。我觉得这种精神的疲劳中含有可怕的毒素。在内心刻意努力的间隙，时而会有一种令人悚惧的索然感袭来，为了逃避这种索然感，我又自欺欺人地转向别的空想，于是立时又变得生气勃勃，回到自我，因异常的心象燃烧，并把这火焰抽象化后留在心底。事后我会牵强地把这热情解释为因她而发——于是，我又一次欺骗了自己。

如果有人指责我以上叙述太过概念化或失于抽象，那么我只能回答：我无意于喋喋不休地描写那种乍看与正常人青春期的肖像毫无差别的表象。除去我内心的耻部，我的青春期与其他正常人完全一样，甚至连内心世界也是一样。你不妨将我想象为这样一个不到二十岁的学生：好奇心无异于常人，对于人生的欲望也无异于常人，或许只是因为过于沉溺于内省而想得太多，遇事容易脸红，而且对于自己的容貌全无足以吸引女性的自信，于是只有埋头啃书，成绩还算不错。你也可以想象一下这个学生是如何憧憬女性，如何焦躁不安，如何空虚烦闷。这种想象也许是最为简单、最无魅力的了，我当然也就省得对这种想象再做乏味的写实性描写了。我的这段时期，完全就像一个内向的学生那样过得全无色彩。我发誓对导演绝对忠诚。

在这期间，我将过去仅对年长的小伙子才有的恋慕一点点地转向了比我年轻的男孩。当然，这一方面是因为比我年轻的男孩也已成长到了近江那时的年龄。另一方面，这种爱的转移也跟爱的性质有关。虽然我依然把爱恋藏于内心，但这时已在野蛮的爱中掺入了高雅的爱，一种类似于保护者的爱或少年爱的东西，随着我的自然成长而显露征兆。

希施费尔德把同性恋者加以分类：仅对成年同性感兴趣的一类叫作 androphils，喜欢少年或年龄介于少年、青年之间者的一类叫作 ephebophils。我此时正对 ephebophils 有所理解，ephebe 是指十八至二十岁的古希腊青年，该词源于宙斯和赫拉所生的女儿，亦即不死的赫拉克勒斯之妻赫柏（Hebe）。女神赫柏是奥林匹斯山上众神的斟酒人，也是青春的象征。

有个刚进高中的十八岁美少年，皮肤白皙，嘴唇柔和，眉毛平整，我知道他名叫八云。他的面容甚合我意。

我在他全然不知的情况下，从他那里获赠一种悦人的礼物。在每天的晨操及下午的操练课（高中时有所谓的操练课，先做三十分钟的海军体操，然后扛着镢头去挖防空壕或割草）时，要由最高年级各班班长轮流出来喊口令，因此我每四周会轮到一次，每次为期一周。到了夏天，晨操和下午做海军体操时，我们这所保守的学校大概也是受了当时的风气影响，规定学生必须打赤膊做操。班长在司令台上指挥晨礼，结束后一声令下："脱上衣！"大家脱了衣服后，班长走下台子，向替换他上台的体育老师致礼后，便跑到最后一排同年级同学的队伍中，自己也脱了上衣做操。做完操后全由老师发令，班长的任务也就已经完成。我对喊口令几乎有种不寒而栗的恐惧，但上述那套军队式刻板的程序化，偶尔倒也挺适合我，轮值的那一星期无形中成了我的期待，那是因为凭着这套程序，我能在自己的视线所及之处看到八云半裸的身体，而不必担心自己瘦弱的裸体被他看见。

八云多半排在司令台下的第一或第二排。他那雅辛托斯[1]似的脸颊容易泛红。他气喘吁吁地赶来参加晨会整队时，我喜欢看他红通通的脸颊。他喘着粗气，手忙脚

---

1. 雅辛托斯（Hyakinthos），希腊神话中的美少年，为太阳神阿波罗所爱并误杀。

乱地解开外衣扣，像薅草一样把衬衫下摆从裤子里硬拉出来。我站在司令台上，不动声色地偷觑他露出的白皙光滑的上半身，想不看也不行。有个同学因此对我说："你喊口令时一直不抬眼，怎么如此胆小呢？"言者无心，我却惊出一身冷汗。尽管如此，在这种场合我仍始终没有机会接近八云玫瑰色的半裸身体。

夏天，高中部全体学生曾去 M 市的海军机械学校参观学习一星期。一天上游泳课，大家都下水了，我不会游泳，便以闹肚子为由在旁观看。一位大尉主张日光浴可治百病，于是我们这些病号只好脱了上衣。我一看八云也在病号组，他两只肌肉紧绷的白臂相互交叉，被太阳晒得微黑的胸膛暴露在微风中，洁白的门牙嘲弄似的紧咬下唇。自称有病而在一旁观看的学生，都集中在游泳池周围的树荫下，所以我能不费事就靠近他。我看着他柔韧的胴体和随着呼吸而微微起伏的腹部，想起了惠特曼的诗句：

年轻的人们仰面而卧

白皙的腹部

然而这次我依然没有跟他说话，因为我对自己羸弱的胸部和细瘦苍白的臂膀感到羞耻。

一九四四年——也就是大战结束的前一年——的九月，我从自小就读的学校毕业，进入了某大学。在父亲不由分说的强制下，我被迫选攻法律专业。由于确信自己不久就会被征召当兵并死在战场，我的全家也会无一幸免地死于空袭，所以也就无所谓了。

按照当时通行的做法，我向已被征召的学长借大学校服，并且保证自己出征前再把校服送还他家。我就穿着借来的校服进了大学。

我对空袭的恐惧倍于常人，但又对死亡的来临怀有一种甜蜜而迫不及待的期待。未来于我是一种很重的负担。人生从一开始就用一种义务观念束缚着我，我明知自己不可能履行这义务，而人生却又因此对我严责，我想，倘若用死来让这种人生扑了个空，肯定会很轻松吧。战争中流行的有关死亡的教义与我产生官能上的共鸣。我想，万一我能"名誉战死"（尽管这实在于我太不相称），我能不无讽刺意味地结束自己的一生，我就可以在墓下永含微笑了。虽这样想，警报一响，我还是比谁都先躲进防空壕。

……我听到了稚拙的钢琴声。

那是在我的朋友家，他不久将以特别干部候补生的身份入伍。这位姓草野的朋友是高中时代唯一能与我谈论一点精神层面问题的人，我珍惜与他的友谊。我本是个并不很想交友的人，但以下这段难免伤及这唯一友情的叙述，还是让我为自己强抑于内心的东西感到悲哀。

"那钢琴弹得好吗？不过好像不时会有打绊的现象。"

"是我妹妹。老师刚回去，她在复习。"

我们停止对话，重又细听钢琴声。因为草野即将入伍，所以也许在他耳边回响的不再仅仅是钢琴声，还会有日常生活中的一种稚拙而又令人揪心的美，这种美不久便将离他而去，那钢琴的音色中便有一种好似初学者照着笔记做出来的点心具有的亲切感。我终于忍不住问他：

"她多大了？"

"十八。是我的大妹妹。"草野答道。

——我越听越像是十八岁的琴声，指法虽还稚拙，却带着一种梦幻和她尚未自知的美感。我期盼这场复习课能永远持续下去，而这愿望果真得到了实现——这钢琴声在我心中一直持续到了五年后的今天。我不知曾有多少次要使自己相信那是错觉，我的理性不知曾有多少次嘲笑过这种错觉，我的懦弱不知曾有多少次嘲笑过我的自欺。尽管如此，这钢琴声支配着我，如果可以从"宿命"这个字眼中删除其负面的含义，那么这声音对我来说真的成了一种宿命的东西。

距那不久之前，我以一种异样的感受记住了"宿命"这个词。高中毕业典礼后，我和那位曾是海军大将的校长同车去皇宫行答谢礼。在车上，这位眼角留着眼屎的阴郁老人对我放弃特别干部候补生的志愿却准备作为普通士兵应召表示不满，竭力强调说我的身体根本无法忍受列兵的生活。

"但我是有这种思想准备的。"

"你是不懂事才这么说的。不过，报名的日期已经过去，现在也没办法了。这也是你的 destiny 呀。"

他以明治式的英文发音读出了"宿命"这个词。

"嗯？"我反问。

"Destiny。这也是你的 destiny 呀。"

他冷淡地重复了一遍。这种冷淡恰恰流露了老人特有的羞耻心——生怕被人看作婆婆妈妈。

我此前肯定在草野家见过那位钢琴少女。只是与额田家相反，在清教徒式的草野家中，他的三位妹妹总是留下一个矜持的微笑后立即隐身。由于草野入伍的日子一天天接近，我和他都带着依依不舍的心情频频互访。那琴声使我在他妹妹面前变得笨拙。不知为什么，自从听过那琴声以后，我像是探知了她的秘密，变得怯于凝视她或与她搭话了，偶尔遇她端茶进来，我的视线也只敢投向她那双动作轻捷的腿。大概是由于在那个流行裙裤和长裤的时代很少能看到女人的腿，这双腿的美好令我激动。

——我这样写若被理解为对她的腿产生了肉感，我也无可奈何，但其实并非如此。正如我屡屡指出的那样，我在异性的肉感方面全无定见，其最好的证据就是：我连想看女性裸体的欲求都不懂。尽管如此，我又很认真地思考自己对女性的爱，而当那种常有的可憎的厌倦感在自己的心中蔓延并阻碍我追寻这种"认真思考"的时候，我便又因自己是个理性取胜的人而高兴，又会将自己冷淡而缺乏持续性的感情，比作饱尝女人滋味的那种男人的感情，最后甚至得到一种炫耀自己已经成熟老练的满足。这种心理活动，就像糖果铺那种投入一角钱硬币就会转动并滑出糖果的机器一样，成为我的定式。

我以为可以不带任何欲求地爱女人，这也许是人类有史以来最轻率的想法。我不知道这一点，还觉得自己堪在爱的教义方面成为哥白尼式的人物（请原谅我这与生俱来的夸张毛病），因此我自然就在不知不觉间相信了柏拉图式的观念。看起来也许与我之前所说有所矛盾，但我确实是真正不折不扣地、纯粹地相信这点。或许我相信的不是这个对象，而只是纯粹本身？我难道不正是对着纯粹宣誓忠诚的吗？这已是后来的问题。

有时我看起来并不相信柏拉图式的观念，那也是由于我的头脑有时容易偏向于我所欠缺的肉感观念，以及我那故作老练的病态满足中常会带有的一种人为的疲劳。换言之，是由于我的不安。

　　战争的最后一年到来了，我二十一岁了。新年刚过，我们这所大学的学生被动员去 M 市附近的 N 飞机制造厂，有八成的学生当工人，其余两成身体较弱的学生担任事务性工作。我属于后者，但在去年的体格检查中，我属于二等乙种合格者，因此我担心随时会收到入伍令。

　　这家庞大的工厂建在尘土飞扬的荒凉之地，光是横穿全厂就要花三十分钟，有数千名员工在此工作，我是其中一员，即第四千四百零九名成员，编为临时员工第九五三号。这家大厂是靠不考虑回本的神秘生产费用建立起来的，并为一种巨大、虚无的东西而奉献，每天早上都要举行的神秘宣誓也是事出有因的。我从未见过如此不可思议的工厂，现代科学技术、现代化的经营方式、众多优秀头脑精密而合理的思维都集中于一点，即为"死"而奉献。这家专门制造特攻队所用的零式战斗机的大工厂，其本身就令人想到一种正在鸣动、呻吟、泣喊、怒号的神秘宗教。若无某种宗教式的夸张，我想是不可能有这种庞大机构存在的，就连管理层的中饱私囊行为，都带有一种宗教性。

时而响起的空袭警报，仿佛宣告这邪恶宗教的黑弥撒时刻的到临。

办公室里紧张起来，"有啥情报"之类的乡下口音也冒了出来。这间屋里没有收音机，每当所长办公室配置的女生送来"数队敌机来袭"之类的紧急报告，扩音机中同时就会传出带地方腔的声音，命令中学女生和小学生避难。救护人员则奔走分发印有"止血　时　分"字样的红色货签模样的东西，用于受伤止血时填写时间后别在胸前。警报发出不到十分钟，扩音机又传出"全体待避"的指示。

办公室人员带着装有重要文件的箱子赶到地下金库，放好东西后又跑上来，加入戴着头盔、防空头巾横穿广场奔跑的群众队伍。人群朝着大门奔去，大门外是一片荒芜的黄土平原，七八百米之外的缓丘上的松林中，挖有无数的防空壕，无言、焦急、盲目的群众分成两列，在沙尘飞扬中奔向那里。即使那只是一个容易坍塌的红土小洞，但只要那里不是"死亡"，他们就要奔向那里。

一次放假回家，当天晚上十一点，我收到命令我二月十五日入伍的电报。

像我这种瘦弱的体格在城市并非鲜见，因此父亲凭着自己的智慧，要我回老家去做体检——像我这样纤弱的体格在乡下比较引人注目，可能会被刷下。我听从父亲的建议，回到近畿地方的本籍地 H 县接受体检。农村青年可以连续举起十来次的米袋，我连提到胸部的力量都没有，虽被检查人员取笑，但结果还是被列为二等乙种合格，现在又接到征召令，不得不加入乡下那种粗野的部队。母亲哭得伤心，父亲也颇为沮丧。刚接到征召令时我也很不情愿，但又因期待着一种体面的死法，所以也就变得无所谓了。我在工厂染患的感冒，在回乡下的火车上发作了。我到达自祖父破产以来已无分寸之地的老家，在一位交情颇深的熟人家住下时，竟因高烧而无法站立。由于这家人的悉心照护，再加服下的大量退烧药起效，我还是被热热闹闹地送进了营房。

被药物控制的高烧再度发作了。在入伍体检时，我像牲口似的被脱得精光，裸着身子走来走去时打了好多次喷嚏。一位初出茅庐的军医，把我支气管的呼呼喘气声误认作肺啰音，而这种误诊又因我信口胡编的病状而被确认，于是便让我去查血沉。由于感冒高烧，我的血沉指标很高，因此我以"肺浸润"的名义被命令即日归乡。

一离开营房，我便奔跑了起来。冬天荒凉的坡道通向村子。像在那家飞机厂时一样，只要不是"死亡"的地方，我都会奔去的。

……我一面躲避着夜行列车的破玻璃窗口吹进的寒风，一面忍受着高烧带来的恶寒及头疼的折磨。我自问何去何从，是要回到因父亲一贯的优柔寡断而至今未曾疏散的东京家里去吗？家中可是惶惶不可终日的。我要回到自家周围那片充满灰暗和不安的都市去吗？我要回到那群百姓中去吗？他们整天带着家畜一样的目光，互相打探着安危。我要回到飞机厂宿舍去吗，回到带着逆来顺受的表情群居在那里的大学生肺病患者中间去吗？

我倚靠的椅背木板已经松动，接缝处的木板随着火车的震动而移动。我闭眼幻想正当自己在家时全家人因空袭而被炸死的情景，一种难以言喻的厌恶感由这空想而生。日常生活与死亡的联系，从未像现在这样带给我奇妙的厌恶感。猫尚且不愿被人看到自己的死样，所以临死前就躲得无影无踪，我一想到自己看到家人惨死的情景或自己的死状被家人看到，就觉得恶心。我想到死亡同时降临于全家，临死前父母及子女带着死亡的共感交换目光，便只会觉得那是无异于全家欢聚情景的一种令人不快的翻版。我盼望在陌生人中间从容而死，但我这种想法跟埃阿斯[1]渴望死在灿烂阳光下的希腊式心情也不一样。我所追求的是一种自然而然的自杀，就像一只还不够狡猾的狐狸满不在乎地漫步于山麓之间，终于因自己的无知而被猎人射杀。

——既然如此，军队不是很理想吗？我不是希望入伍吗？但我为什么要那么认真地对军医说谎呢？我为什么要说自己半年来持续低烧，肩酸难忍，咯血，昨晚还在盗汗（难怪，因为我刚吃了阿司匹林嘛）呢？当我被

---

1. 埃阿斯（Aias），希腊神话英雄，在特洛伊战争中建功。

宣告即日归乡时，我为什么会感到想忍而又难忍的笑意给自己的脸颊造成的压力呢？我为什么一出营房就那样狂奔呢？我的希望不是没能实现吗，我为什么没有因此而垂头丧气、步履沉重呢？

当时我的前方还看不到一条生路足以逃离军队所意味的死亡。正因为我十分清楚这一点，所以更难理解是什么力量促使我那样奔出营门。这是否意味着我仍想活下去呢？而且是以那种缺乏意志力的方式活下去，就像自己气喘吁吁地奔向防空壕时的那一瞬间？

于是突然间我心中另外有个声音在说：我从未想到过死。这句话解开了我羞耻的绳结。虽然难以启齿，但我心中明白，说我参加军队仅仅是因为希望死，那是假话。其实那是因为我对军队生活抱着一种官能性的期待，而使这种期待能够持续下去的力量，也不过是每个人都有的一种仿佛原始咒术般的信念，就是确信偏偏只有我绝不会死……

然而，我其实很不喜欢这种想法。我宁愿觉得自己是被死亡无视的人。我喜欢像外科医生对待手术中的内脏一样，集中自己微妙的神经，恭敬有加地注视着人想死而又死不掉时那种奇妙的痛苦。内心这种快乐的程度，几乎让人觉得是一种邪恶。

大学与 N 飞机厂发生了感情上的冲突，预定在二月份撤回全部学生，三月份重开一个月的课，四月份再把学生派到其他工厂去。但是二月底有近千架小型飞机来袭，因此大家明白三月份的上课将成为一种形式而已。

就这样，我们等于在战争正酣时得到了一个月毫无用处的假期，就如同得到了受潮的焰火一样。但是比起立即就能派上用场的一袋干面包，我倒更喜欢受潮的焰火，因为这种稀里糊涂的礼物更像是大学能送出的东西——在这个时代，唯其一无用处，所以就特别可贵。

我的感冒痊愈数天后，草野的母亲来电话说，在 M 市附近的草野服役的部队三月十日允许首次探访，问我要不要一起去。

我答应了，并随即去草野家商量探访的事。傍晚到晚上八点之间被认为是最安全的时间，那时草野家已吃完饭。草野母亲是孀妇，我被安排与她及草野的三位妹妹一起坐在被炉旁。草野母亲为我介绍了那位钢琴少女，她叫园子，这名字跟名钢琴家 I 夫人相同，于是我便以那次听到的钢琴声与她开稍带调侃的玩笑。十九岁的园子在遮光电灯下红着脸，一声不吭。她当时穿着一件红色皮夹克。

三月九日早晨，我在草野家附近某车站的步廊等候草野家人。铁路两旁联排的商店因强制疏散而被破坏的景象触目皆是，拆除的响动声声在耳，撕裂了早春清冽的空气。拆掉的房子中有的地方还能看到崭新的木头，令人感到刺眼。

早晨的天气还很冷。这几天都没有听到警报声，空气显得分外澄澈，好似被拉成一条眼看就要断开的细线，又像能弹出声音的琴弦，令人想起音乐响起前的瞬间那种无声胜有声的寂静，就连洒在寥无人迹的月台上的冷冰冰的日光，都似在某种音乐的预感前战栗。

这时，一个身穿蓝大衣的少女从对面的楼梯走下来。她牵着小妹妹的手，留心着妹妹的脚步，一步步走下楼梯。她那位十五六岁的大妹妹尽管对她俩的徐行不耐烦，却又并不抢在前面下来，而是故意不慌不忙地在楼梯上

133

绕着 Z 字形。

园子好像没发现我，我却能清楚地看到她。我自有生以来从未在女人身上见识过如此让我动心的美。我的心剧烈地跳动，我的心境变得纯净。写到这里，那些读过我之前文字的读者恐怕都难以置信，这是因为我对额田姐姐那种人为的单恋与此时心脏的悸动并无区别。我之前进行了毫不客气的分析，在这里也不能网开一面，否则我的写作从一开始就是一种徒然的行为了，因为它会被认为只不过是我写作欲望的产物，因此我只需自圆其说就可万事大吉。然而，我记忆中的正确部分告诉我，有一点与之前的我是有差异的，那就是悔恨。

园子走到最后两三个阶梯时看到我了。她那被寒气冻红的脸颊上绽开了笑容。她的黑眼珠很大，眼睑较厚，那眼睛平时看上去带着几分睡意，此时却熠熠生辉，仿佛是在诉说什么。她把小妹妹交给十五六岁的妹妹，迈着轻盈的步子，带着摇曳的光辉沿着步廊向我跑来。

我看到园子迎着我跑来，就像看到清晨的降临。她不是我从少年时代开始就任意想象的那种具有肉体属性的女人，否则我就可以用一种虚伪的期待迎接她。困扰我的是：以我的直觉，园子的内在气质让我产生了一种特别的情感，那是一种深深的虔诚，觉得自己配不上她，但这又并非卑屈的劣等感。任何时候，只要看到园子向我走近，就会有一种令我坐立不安的悲哀袭来。这是我以前不曾有过的感情，是动摇我存在根基的悲伤。以前我看女人时的感情，都只不过是把孩子的好奇心和强装的肉感以人工的方式合成。我从来没有像这次这样，从最初的一瞥开始就因如此深刻的、无法解释的、绝非伪装的悲伤而心旌动摇。我意识到这是悔恨，可是我有什么罪过能使自己具有悔恨的资格呢？说来也是矛盾，难道有一种悔恨可以先于罪过而存在吗？或许这种悔恨是我与生俱有的，而且被她的身影催醒了？一言以蔽之，这或许就是一种对于犯罪的预感吧？

园子已经令人不可抗拒地站到了我的面前。因为我在愣神，她又用明显的动作再一次向我鞠躬。

"让您久等了吧？我母亲和祖母大人（她用了一种怪怪的语法，以致羞红了脸）有事要耽搁一会儿，你得等一下了（随即又换了一种客气的说法），请您再稍等一下。如果她们还没来的话，我俩一起先去 U 车站好吗？"

她结结巴巴而又郑重其事地说完，又深喘一口气。园子个子较高，几乎到我的额头。她的上身非常匀称优雅，还有一双美腿，略带稚气的圆脸未施脂粉，恰似一幅不知妆饰的无垢灵魂的肖像。她的嘴唇有点皲裂，看上去反倒多了几分生气。

　　我们又扯了几句可有可无的话。我尽力让自己显得具有活力，尽力使自己表现得像个富于机智的青年，却又憎恶这样的自己。

　　电气列车几次停在我们身旁，然后又嘎嘎作响地开走。这个车站的上下客不多，我们愉快地沐浴在阳光中，只有在列车来时阳光才被遮住，但车子开走后，那重又照回脸颊的和煦阳光却让我战栗。如此丰厚的阳光居于我之上，我竟能享受如此宁静的时刻，这些都让我觉得必是某种不祥的预兆，例如几分钟后就会因空袭而死在现在所站的原地。我觉得我们根本不配享受哪怕是些微的幸福，反过来说，我们也沾染了一种恶习，会把些微的幸福当作恩宠。我与园子这样话语无多地对面而立，恰恰在我心里造成了这样的效果，园子一定也是被同样的力量支配着吧。

园子的祖母和母亲迟迟没来，我们便乘上一班列车向U站去。

在U站杂沓的人群中，我们被前去探视儿子的大庭先生叫住，他儿子与草野同一个部队。他是守旧的银行家，戴礼帽着西装，带着一位与园子相识的女儿。她远不如园子漂亮，不知为什么，这使我很高兴，这是一种什么心理呢？她俩亲昵地双手交叉相握并摇晃着。只要看看她们交谈时的纯情模样，就可以知道园子具有一种平和的宽容，那是属于美的一种特权，也使她看上去比她的实际年龄更为成熟。

火车上空位较多，我跟园子看似偶然地面对面在窗边坐下。

大庭先生一行包括女佣在内有三人，连同我们这边聚齐后的六人，总共是九人，一排坐满八人后，必要多出一人。

我暗地早就算出了这个结果，园子大概也是如此吧，所以我俩对面坐下时，交换了一个恶作剧的微笑。

由于座位难以安排，众人默认了我们这片离岛的存在。从礼仪上讲，园子的祖母和母亲必须坐在大庭父女对面。园子的小妹妹倚小卖小，抢先选了可以看到母亲又能看到外面景色的位子，她的小姐姐也追随她这样坐，于是那边的座位便成了大庭家女佣照看两个小大人的运动场。陈旧的椅背把他们七人跟我俩隔开了。

火车还没启动，大家就因大庭先生的絮叨而受压抑。他那低沉而女性化的喋喋不休使别人除了附和外，再无说话的权利。隔着椅背，我们都能知道草野家最爱说话而且不服老的祖母也只有目瞪口呆的分儿，她和草野母亲只是一个劲地应声"是，是"，并忙着在关键处发笑，连大庭的女儿也一声不吭。不久，火车开动了。

离站后，阳光透过脏兮兮的车窗玻璃照了进来，洒落在凸凹不平的窗框及园子和我的膝上。我俩默默地听着隔壁的谈话，她的嘴不时泛起的微笑立刻感染了我，每当此时我俩的视线便会相交，于是园子又会避开我的视线。她像是在静听隔壁的声音，两眼放光，那眼神有点调皮，却又毫不设防。

"我死的时候，就要以现在这副打扮去死。死时若穿着国民服[1]打着绑腿，我会死不瞑目的吧。我不让女儿穿长裤，要让她死得像个女人，这难道不正是为人父母的慈悲吗？"

"是的，是的。"

"也许我不该说，你们疏散时若需搬运东西，可以尽管对我说。家里没有男人实在是很不方便的，有什么事尽管对我说。"

"不敢当。"

"我买下了 T 温泉的仓库，我们银行职工的东西全都存放在那里了，连钢琴之类也都没问题。"

"不敢当。"

"也许我不该说，听说您儿子的队长人很好，这真是幸运。据说我儿子的队长连家属探访时带去的食品都要克扣呢，这样下去岂不跟大海对岸一样了吗？听说探访日的第二天队长就胃痉挛发作了。"

"哇，哈哈哈。"

---

1. 国民服，类似于军服的土黄色服装，"二战"中日本政府于一九四〇年规定男子日常须穿。

——园子好像在为忍住涌上嘴边的笑意而局促，于是从提包中抽出一本文库本 [1]。我有点不悦，但是又对那书名发生了兴趣。

　　"什么书？"

　　她笑着把书像扇子一样摊开，递到我面前让我看书脊。书名是《水妖记》[2]，括号中标明 *Undine*。

　　——好像有人从背后的椅子上站起来，那是园子的母亲，看样子她是在弹压在座位上蹦蹦跳跳的小女儿，并借机躲开大庭先生的絮叨。可是不仅仅如此，她还把这个爱闹的小姑娘和那位小大人做派的小姐姐带到我们座位来了。

　　"请让这两个爱闹的人跟你们做伴吧。"

　　园子的母亲是一位高雅的美人，她的微笑点缀着她那温柔的言语，有时甚至让人有一种心疼的感觉。说这话时，她的微笑似也带着一种悲伤的不安。她回到原座后，

---

1. 文库本，日本书籍的一种袖珍开本。
2.《水妖记》(*Undine*)，又译《翁丁》，德国作家富凯(Fouque，1777—1843)作品。

我和园子又相互交换了一瞥。我从上衣胸袋中拿出小本子撕下一页用铅笔写道：

"你母亲在注意了。"

"什么？"

园子侧过脸来，我闻到了孩子才有的那种发香。她读完纸片上的字后低下头，连颈子都红了。

"对不对？"

"啊，我……"

我们又对视了一下，达成了默契。我也感到自己脸颊发烫了。

"姐姐，那是啥？"

小妹妹伸出手来，园子立刻藏起了纸片。大妹妹好像已经觉察到其中的名堂，我看得出她很不高兴，绷着脸，小题大做地训斥小妹妹。

我与园子倒因这契机，谈话少了许多拘束。她谈了学校的事，谈了几本读过的小说，还谈了她哥哥的事。我则尽快将话题引向泛泛之谈，这是诱惑术的第一步。我俩谈得投机，两位受到冷遇的妹妹重又回到原先的座位，于是她们的母亲又带着无可奈何的微笑，把这两个不太能尽职的监视者送回到我们身边。

那个晚上，我们一起在靠近草野部队的 M 市旅馆安顿下来。已近就寝时分，我被安排与大庭先生同屋。

只剩下我们两人时，银行家开始露骨地发表他的反战言论。那是一九四五年的春天，反战的议论已随处可闻，我也听得厌烦了。他谈到一家作为融资客户的大陶器公司以弥补战灾损失为由，正计划大量生产家用陶瓷器具，又谈到日本政府好像正向苏联提出和平要求等。他那低沉的喋喋不休让我有点受不了。我想独自好好想些事情。一直等到他那张摘下眼镜后显得特别浮肿的面孔消失在熄灯后的黑暗中，无邪的叹息声在整个被窝里响过两三遍，然后发出了熟睡的鼾声，我才在新枕巾对滚烫的脸颊造成的扎刺感中开始了自己的冥想。

每当独自一人时总会威胁我的那种阴暗的焦灼感，加上今早见到园子时动摇我存在根基的那种悲哀，现在又鲜明地重返我的心中，揭露了我今天的一言一语一举一动的虚伪。之所以这么说，是因为与其臆测和迷思于自己的全部是否虚伪，或许不如干脆地断定其就是虚伪，这样反倒少些痛苦。于是我就益发起劲地揭露自己的虚伪，而且不知从何时起，这种做法反而令我释然。遇到这种场合，我因执拗地追究"做人的根本条件"以及"人心的笃实"之类问题而引起的不安，只能将我的内省引向毫无结果的无限循环，我受到诸如"其他青年会如何如何""正常人会如何如何"之类的强迫性观念折磨，使我曾经认为自己已经确实得到的一点点幸福也在瞬间粉碎。

我的"演技"已化为我身体的一部分，已不属于演技。把自己伪装成正常人的意识侵蚀了我本来内在的正常，让我认为所有的正常都是伪装出来的，反过来说，我正成为相信一切赝品的人。于是，我一方面希望把自己与园子心心相印的愿望看作伪装，一方面又希望那是真实的爱情。其实，前者也许就是后者以假面的形式呈现的东西而已。这么说来，我也许正在变为一个连自我否定都难以做到的人。

——我就这样渐渐陷入梦境，突然夜晚的空气中传来一种呻吟般的声音，不祥却又带着某种魅惑：

"这不是警报吗？"

我为银行家的敏感而惊讶。

"这……"

我含含糊糊地应答。警报声响了很久，听上去只是轻轻的。

探访的时间很早，所以我们六点都起床了。

"昨晚响警报了吧？"

"没有。"

早晨在盥洗室跟园子打招呼时，她很认真地否定了这事。回到房间后，这便成了妹妹们取笑她的好话题。

"只有姐姐不知道，真是怪人。"

小妹妹也随声附和：

"连我也醒了，一看，姐姐正呼呼大睡呢。"

"是的，我也听到了，呼噜声大得连警报声都听不到了。"

"瞎说。拿出证据来！"因为当着我面，园子红着脸力争。

"如此瞎说，小心要你好看。"

我只有一个妹妹，因此从小就对女孩子众多的热闹家庭很向往。姐妹之间半真半假的争闹在我眼中是世间幸福最鲜明、真实的映像。这又唤醒了我的痛苦。

早餐时的话题全部围绕着昨晚那可能是三月以来的首次警报。那只是警戒警报，后来并未响起空袭警报，所以大概问题不大——大家都希望以这个结论使自己安心。对我来说，啥都无所谓，即使我不在家时房子被烧光，父母和弟弟妹妹都被炸死，我反倒觉得轻松。我并不认为这是特别残酷的念头。我们想象力范围之内的事态，每天都在身边发生，于是我们的想象力反倒变得贫乏了。比如说，对于满门遭灭的想象，反倒比想象银座酒廊洋酒琳琅满目或银座夜空霓虹灯明灭闪烁的景象更容易得多，我只不过是避难就易而已。想象力之所以不会引起抵触，是因为其无论带有怎样的冷酷外表，也与内心的冷酷无关，而只是怠惰的优柔寡断精神的一种表现而已。

昨晚当我一个人时，我在扮演一个悲剧角色；今天却迥然不同，走出旅馆时，我已摆出一副轻薄的骑士做派要去帮园子提行李。这是我在众人面前一种有目的的刻意做法。我这样做，就可以把她的拘谨解释为不是对着我的，而是因为顾忌到祖母和母亲。结果，她自己也会产生错觉，清楚地意识到与我之间已亲密到必须顾忌祖母和母亲的程度了。我这小小的策略奏效了，把包交到我手上后，她就像是过意不去似的不离开我的身旁，并不跟与自己同龄的那位朋友交谈，而只跟我说话。我不时地带着复杂的心情看她。她那纯洁甜美得几近哀切的声音，被迎面吹来的满带尘土的初春之风截成碎片。她的包背在我的外套上，我上下耸动着肩膀，感受着那背包的分量，这分量正在为盘踞在我心底那种逃犯似的心虚竭力辩护。快出城时，祖母首先发话了，于是银行家又返回车站，大概是用了什么巧计，不一会儿便为我们叫来两部高档出租车。

　　"喔，好久不见了。"

　　和草野握手时，我的手似触摸到大虾壳一样难受。

　　"这手怎么了？"

　　"呵呵，很吃惊吧？"

　　他已经具备一种新兵特有的惨状，伸在我面前的两只手上，泥垢和油污把皲裂和冻疮固定下来，如虾壳般惨不忍睹，而且又湿又冷。

这双手威胁着我，与现实对我的威胁完全一样。我对这样的手具有一种本能的恐惧，是因为这双真真切切的手仿佛在对我的内心告发着什么，追诉着什么，我害怕唯独在这双手面前做不得一点假。这么一想，另外那个叫园子的人，就为我柔弱的良心提供了抵抗这双手的唯一铠甲和战服。我觉得自己必须爱她。比起我心底的内疚，这已成为埋在我内心更深处的义务。

不知情的草野天真地说：

"洗澡时用这手搓身，就不用海绵了。"

他母亲轻轻叹了口气。我在这种场合只能把自己当作一个厚脸皮的多余者。园子抬头看我，若无其事的样子，我低下了头，觉得必须为什么事向她道歉，却又说不出任何道理。

"我们去外面吧。"

草野好像有点不好意思，粗鲁地推着祖母和母亲的后背往外走。来探访的家属分别在营房外的枯草坪上围圈而坐，侍候补生们吃东西。遗憾的是，我无论如何也无法把这看作一幅美丽的图景。

草野也同样盘腿坐在圈子中间，嘴巴一张一合地吃着西点，只有眼睛不停地东张西望。他指向东京方向的天空。从这片丘陵地带到荒野的那一头，可以看到 M 市的盆地，再过去，在一片矮山交合处的间隙，据说就可看到东京的天空了，早春的冷云在那一带布下了荫翳。

"昨晚那边的天空一片火红，真吓人，不知你家还在不在了。过去的空袭中还从没见过那么一片通红的呢。"

——草野独自不管不顾地说着。他说祖母和母亲如不尽早疏散，他每晚都无法安睡。

"知道了。马上就疏散。奶奶向你保证。"

祖母干脆地说，然后从腰带间拿出小本子以及细如牙签的银灰色自动铅笔仔细地写了什么。

返程的车上，气氛非常郁闷，在车站遇到的大庭先生也完全变了样似的沉默不语。就像平日隐藏在心底的"骨肉亲情"全被翻了出来，大家都还沉浸在万端感触之中。本来以为只有见面时才能互相倾吐心声，可是与自己的儿子、哥哥、孙子、弟弟见面的结果是，发现这心声是那样空虚，只不过是在互相炫耀自己无益的流血。我则有我的心思，一直在追踪草野那双惨不忍睹的手的幻影。傍晚上灯时分，我们的火车到了О站，我们应在这里换乘省线电气列车。

在这里我们才看到昨晚空袭造成的灾害。天桥上挤满了灾民，他们裹着毛毯，眼神呆滞空洞，能让人看到的只是他们的眼珠。一位母亲把孩子放在膝上摇晃，让人觉得她将以这一成不变的节律一直摇晃下去。一个女孩头戴烧得半焦的人造花，倚着行李而睡。

我们一行人从他们中间穿过时，他们甚至未曾报以责难的目光。我们完全被他们漠视，只因我们没有与他们一同分担不幸，我们的存在理由就被抹杀，并被视同影子。

尽管如此，我的心中却好似燃起了什么。这支不幸者的队伍给了我勇气和力量，让我理解了革命所带来的昂奋。他们看到了束缚自身存在的各种东西被火吞噬，眼睁睁地看着人际关系、爱憎、理性、财产被火笼罩。那时他们不是在与火搏斗，而是在与人际关系、爱憎、理性、财产搏斗。那时他们就像发生海难时的船员一样，为了一个人的生存可以杀死另一个人。为救爱人而死的人不是被火烧死，而是被爱人杀死，为救孩子而死的母亲正是被孩子所杀。在这里互相搏斗的是那些普通的、基本的做人的条件，这或许甚至是过去不曾有过的。

我从他们那里看到了一出惊人的戏剧在人的外表留下的疲劳痕迹。我突然迸发出一种热烈的确信，虽只是短短的瞬间，我感觉到自己对做人的条件所抱的不安彻底消除了。这想法充斥在我的心头，令我想把它喊出来。

如果我再多一点内省的力量和睿智的话，或许就能好好体会一下那些条件，但可笑的是，一种梦想的热情使我的手第一次绕过园子的腰部。也许连这个小动作也在告诉我，所谓的爱情也已不是什么了不起的东西。我们保持着这种姿势抢在一行人的前面快快地过了黑暗的天桥，园子也默不作声。

可是，大家在亮得不可思议的省线电车车厢里会合并相视时，我在园子凝视我的眼里看到了一种黑色、柔软而又带点走投无路意味的亮色。

我们换乘东京都内的环线电气列车，乘客中九成是难民。这里更明显地弥漫着火的气息，人们高声地讲述自己经历的灾难，甚至不无炫耀之意。他们是真正的"革命"群众，因为这批群众抱着的是一种辉煌的不满，充溢的不满，意气盎然的不满，开开心心的不满。

我一个人在 S 站跟一行人分手，并把她的包还到她的手上。走在回家的暗路上，我数度意识到那包已不在自己手上，于是体会到它在我们之间产生了多么重要的作用。这是一种小小的苦役。对于我来说，为了不使良心过于上升，我总是要动用一种重物，换言之就是动用一种苦役。

家里人迎接我时像是什么都不曾发生过。东京实在太大了。

两三天后，我带着曾答应要借给园子的书去草野家。在这种场合，一个二十一岁的男孩为一个十九岁的女孩所选的小说，不说书名也应该知道是什么书。为自己所做的一件平常之事而感到开心，这对我来说非同寻常。园子刚好不在家，因为她去的地方不远，很快就会回来，于是我就在客厅等她。

初春的天空瞬即布满乌云，开始下雨。园子看来在路上遭了雨，走进客厅时头发上有多处雨滴在幽暗中闪烁。她缩着肩在深深的长椅上黑暗的一端坐下，嘴边又沁出微笑，红色夹克胸口的两处浑圆在昏暗中隐约可见。

我俩话不多，显得很拘谨。这是我们的初次独处。我现在才知道，那次短途的去程火车上轻松的对话，八九成是借了隔壁的絮叨以及两个妹妹的光，就连当时把写在纸片上的一行情书递过去的勇气，现在也已荡然无存。我的心情比上次谦恭得多。我不在乎自己时，便容易变得诚实，也就是说，我不怕在她面前变成这样。难道我忘了演技，忘了作为正常人恋爱时的那套规定的演技？不知是否因为这个原因，我觉得自己完全没有爱上这个纯洁的少女。尽管如此，我还是感觉不错。

阵雨停了，夕阳照进室内。

园子的眼睛和嘴唇都闪耀着光彩，面对这种美，我感到一种压力，感到自己的无力，于是这种烦恼又反而使她的存在显得虚幻了。

"我们……"我开口了，"不知能活多久。如果现在警报来了，那敌机也许满载着攻击我们的炮弹呢。"

"那该多好呀……"她本来正玩弄着苏格兰条绒裙

子上的褶皱，说这话时抬起了头，些微汗毛上的光辉给她的脸庞镶了一道边，"最好是这样……我们在这里时，飞机不声不响地飞来，把炸弹给我们扔了下来……您不这样认为吗？"

说这话时，园子自己并未意识到这是爱的告白。

"嗯……我也这么想。"

我表示同感。园子不会知道这个回答是如何出自我的内心深处，但细想一下，这种对话实在是可笑之极，如果在太平时期，若非相爱至深的情侣，相互间是绝不会这样说的。

"生离死别，实在令人厌烦。"我的口气变成了不好意思的解嘲，"你会不会常常这么想呢？在这样的年代，分别才是常事，相会反倒成了奇迹。我们能这样谈几十分钟，细想一下，也许就是一件了不起的奇迹呢。"

"是的，我也……"她欲言又止，然后带着一种认真而又心情不错的平静说，"我们刚见面，很快就又要分离了，因为祖母忙着要搬家，前天一回来就打电报给N县某村的一位伯母，伯母今天早晨回了长途电话。电报的内容是'速找房子'，伯母回话说现在一时找不到房子，让我们住在她家，还说大家住在一起也热闹一些。祖母急着这两三天内就过去。"

我无法轻松地附和她，自己也想不到这个消息对我内心的打击是如此之大。由于这段时间的自得其乐，我就在不知不觉间产生了一种错觉，认为我俩将如当下这样过着永不分离的日子。以更深一层的意义来说，这对我来说是一种双重的错觉。她那番宣告别离的话让我明白了现在这种相聚的虚妄，揭示了现在的喜悦只不过是一种假象，这种状态会永远持续下去的想法是一种幼稚的错觉。在这种错觉被破坏的同时，另一种错觉也被破坏了，那就是我醒悟到：即使没有别离，男女关系也不可能一直停止在某种状态而不变。这是一种令人窒息的觉醒。为什么不能就这样过下去呢——这个少年时代就被问过无数遍的问题又冲到了我的嘴边——为什么我们一起被赋予了这么变态的义务，必须破坏一切，改变一切，把一切都放到流动的过程中去呢？如此极端令人厌恶的义务，难道就是世间所谓的"生"吗？这仅仅对我一人来说才是一种义务吧，至少肯定只有我一人才把这种义务视作一种重负。

"嗯，你要走了……不过，即使你还在这里，我不久也非走不可的……"

"您去哪里？"

"三月底四月初，我又要住进一家工厂去。"

"空袭时不危险吗？"

"嗯，是危险。"

我自暴自弃地回答，就匆匆告辞了。

我现在已不必非爱她不可了。第二天，我整天沉浸在这种如释重负的安然感中，大声歌唱，把讨厌的《六法全书》用脚踢开，特别开心。

这种奇妙的乐天状态持续了一整天。晚上，我睡得像个婴儿，然而这熟睡还是被深夜的警报声破坏了。我们全家抱怨着进了防空壕，但后来什么事也没发生，又传来了解除警报的笛声。在防空壕里迷迷糊糊的我最后一个走出地面，肩上挂着钢盔和水壶。

一九四五年的冬天迟迟不肯离去。春天虽已像豹一样蹑手蹑脚地到来，冬却仍如幽暗的牢笼般顽固地阻挡在前面，星光也还带着冰一般的冷冽。

在常青树的叶缝中，我的惺忪睡眼发现了几颗带着暖意的星星。我的呼吸夹杂着夜晚凛冽的空气。我突然间被一种观念所压倒——我爱着园子，不能和她一起生活的世界对我来说一文不值。我内心的声音在说：你若能忘记就试着忘记她吧。于是一种动摇我存在根基的悲哀迫不及待地涌上心头，就像那天早晨在月台上看见园子时那样。

我受不了了。我用力踩脚。

然而我还是又忍了一天。

第三天的黄昏，我去找园子。在玄关门前有一个工人模样的男人在打包。石子路上，长方形大箱子模样的东西被草席包起，用粗草绳扎着。看到这个情形，我惴惴不安。

园子的祖母出现在玄关。她身后已经打好包的行李高高堆起，准备运出，玄关的厅里满是稻草屑。看到祖母顿时露出不知所措的表情，我决心不和园子见面，随即就走。

"请您把这书交给园子。"

我像书店的送书伙计一样，拿出两三本言情小说。

"每次都要麻烦您。"祖母并不准备把园子叫出来，"我们明晚要前往×村，一切都很顺利，没想到这么快就能动身。这个房子准备租给 T 先生，当作他公司的宿舍。我们真有点舍不得走呢。我家孙女们都很喜欢和您做朋友。欢迎您去×村玩。我们安定下来就会给您写信，到时候请一定来玩。"

祖母是位社交家，她的一套外交辞令不会让人不快，但是她的话就像她那过于整齐的假牙，只不过是排列整齐的空洞辞藻而已。

"祝你们生活愉快。"

我只能讲这么一句话。我说不出园子的名字。这时，好像被我的犹豫邀唤似的，园子的身影出现在门内楼梯的转弯处。她一手拿着装帽子的大纸箱，另一手抱着五六本书，头发被天窗射进的阳光照得似在燃烧。一看到我，她用令她祖母吃惊的声音叫道：

"请等一下！"

然后咚咚地跑上二楼。看到祖母吃惊的样子，我颇为得意。祖母向我道歉，说家里被行李堆得乱七八糟，无法请我进屋去坐，说着便匆忙消失在里面。

不一会儿，园子红着脸跑下来。我站在玄关一角，她在我面前默默地穿好鞋站起身，说要送我回去。这种命令式的语调具有一种使我感动的力量。我一边笨拙地摸弄着制帽，一边看着她的行动，心里仿佛感到有一种东西的脚步声戛然而止。我们挨着身子往门外走去，默默地走在通往大门的石子路上。园子突然停下来重新系鞋带，没想到要花那么长时间，我就走到大门前等她，一边看着街景。我其实没懂十九岁女孩那种可爱的小把戏，她是想必须要我先走出去。

突然，她的胸部从后面撞到我身上校服的右臂处，那情形就像因某种失神状态而造成的汽车相撞。

"……给您……这个……"

一个西式信封的棱角戳到了我的掌心。我差点儿要把那信封捏烂，就像绞杀一只小鸟一样。那信的重量似乎让我难以置信。我瞟了一眼手中那女学生风格的信封，好像看了不该看的东西。

"等等……请您回去后再看。"

她小声咕哝道，就像在忍着一种说不出的感觉那样喘不过气来。

"我的回信该寄哪里？"

"写在……里面了……×村的地址。你就寄到那里。"

很奇怪，突然的别离成了我的期待。就像捉迷藏时，扮演小鬼的人数着数字，大家分别朝各自的方向散去的那一瞬间的那种期待。我就具有这样一种奇怪的天分，任何事情都不难被我当作一种享受。由于这种邪门的天分，我的怯懦常被自己误认为勇气。不过，对于一个在人生中从不挑三拣四的人来说，这种天分也可算是一种甘美的回报吧。

我们在车站检票口告别，连手也没握一下。

有生以来第一次收到情书，我雀跃不已。等不及回家，也不管旁边是否有人看到，在电气列车上就拆了信，立刻有很多剪影卡片和女校学生喜欢的外国彩图卡片差点儿从信封里散落。里面一张蓝色信笺上印有迪士尼的狼与孩子的漫画，画的下方以习字般的工整字体写道：

非常感谢您借书给我，我读得兴趣盎然。衷心祈愿您在空袭中一切安好。待我在疏散地安定下来后再给您写信。我的地址是 _ 县 _ 郡 _ 村 _ 号。附上一些小东西，聊表心意，请笑纳。

这情书多了不起呀。我那过早的兴奋被锉断，忍不住笑了出来，脸色却是苍白的，心想谁会给你写信，顶多回张印好字的明信片罢了。

然而，在到家前的三四十分钟期间，我当初提出的准备回信的要求，渐渐地开始为先前的兴奋状态辩护了。我立刻想象到园子那样的家庭教育与情书写作方法的习得是不相容的，初次给男人写信，她一定是踌躇万端，怯于下笔呢。这信虽写得空洞无物，但言外之意却可用她当时的一举一动证明了。

突然，另一方向来的愤怒控制了我。我又迁怒于《六法全书》，将它扔向房间的墙壁。我责备自己太没出息，一个十九岁的女孩在自己面前，我只是眼巴巴地等待对方来喜欢自己，却怎么也不取主动攻势。我很清楚，自己犹豫不决的原因就在于那异样的莫名的不安。既然如此，又何必去找她呢？回想一下，自己十五岁时过着与年龄相称的生活，十七岁时也还算与常人无异，可是二十一岁的今天又怎样了呢？朋友曾预言我二十岁会死，现在还没成真，自己想死在战场的希望也一时无法实现了。好容易到了这个年岁，却在为跟十九岁的少女之间这似真似假的初恋不知所措，真是了不起的出息呢！二十一岁才开始与女孩有书信来往，你没把年月算错吗？而且到了这种年纪不是还不知道接吻的滋味吗？你这不及格的公子！

这时，另一个阴暗执拗的声音在揶揄我。这个声音几乎带着一种热烈的诚实以及与我无缘的人性的味道，向我提出一连串的质问：是爱情吗？就算是吧，但你对女人有欲望吗？你以独独对她没有"卑劣的欲望"来欺骗自己，你是想以此忘记自己对所有的女人都没有"卑劣的欲望"吗？你有使用"卑劣"这种形容词的资格吗？你有过想看女人裸体的念头吗？有没有想象过园子的裸体，哪怕只有一次？和你年龄相仿的男人看到年轻女人时，一定会想象她们的裸体，这点不言自明的道理，你应该会用自己最擅长的类推法想到的。为什么这么说，你扪心自问吧，把自己的类推稍作一点点修正不就可以成立了吗？昨晚入睡前，你曾委身于那小小的旧习。你可以把那说成是一种类似于祷告的行为，一种小小的邪教仪式，任何人都不会不做，代用品用惯了也会觉得很顺手，何况这是效果立见的安眠药呢。可是，当时你内心浮现的一定不是园子，而是一种稀奇古怪的幻影，旁人看到时必会吓得魂不附体。白天走在街上，你的眼睛只顾盯着年轻的士兵和水手们。那些年轻人的年龄正合你意，一个个无知无识，说出话来天真幼稚，你看到这些年轻人时，便会立刻用眼睛测量他们的腰身，难道你准备在法科大学毕业后去当服装裁剪师吗？你最喜爱二十来岁无知的年轻人那幼狮般优美的胴体。在你内心里，昨天一天曾把几个这样的年轻人幻化成裸体？你在心中准备了采集植物标本用的容器，采回了几个 ephebe 的裸体，然后从中挑选邪教仪式所用的祭品。你挑出自己喜欢的一位，后来的事便令人瞠目结舌了。你把祭品带到一个古怪的六角形柱子旁边，先用偷偷带来的绳子将这位牺牲者的手反绑在柱子上，牺牲者必定会竭力地抵抗、喊叫，然后你恳切地对他做出死亡的暗示，这时一种奇怪的天真的微笑升起在你的嘴角。你从口袋里拿出尖利的小刀，慢慢接近牺牲者，用刀尖轻轻地刺挠、爱抚他那紧绷的腹肌。这位牺牲者发出绝望的喊叫，扭动身体躲开刀尖，心跳因恐惧而加速，赤裸的腿瑟瑟发抖，膝盖相互撞击。小刀沉甸甸地刺入牺牲者的侧腹，行凶者无疑是你。牺牲者把身体弯成弓形，发出孤独而痛苦的叫喊，被刀刺入的腹部肌肉发生痉挛。小刀像插入刀鞘般冷静地埋在抖动的肌肉里，血如泉涌，流向光滑的大腿。

你的喜悦在这一瞬间真正人性化了，因为作为你固定观念的正常性在这瞬间真正为你所有了。不管对象是谁，你从肉体深处发情了，而且这种发情的正常程度和别的男人没有任何差异。你的内心因充溢着原始的冲动而震撼，野蛮人一般深深的喜悦在你心中复苏。你眼中发光，全身热血沸腾，蛮族所有的种种生命活力在你身上显现。Ejaculatio 之后，留在你身上的是野蛮赞歌的温暖而非男女交合之后那种悲哀的侵袭。放纵的孤独为你带来光辉，你在古老的长河的记忆中久久荡漾。蛮族生命力所体味的终极的感动的记忆，似乎因某种偶然而完全占领了你的性的机能和快感。你处心积虑地想要隐瞒什么呢？你既然有机会遇到这般的人间欢愉，爱情和精神之类又何足挂齿呢？

莫若这样吧：在园子面前披露一下你那与众不同的学位论文如何？这篇高深的论文题为《Ephebe 的 torso[1] 曲线与血液流量的函数关系》。也就是说，你要选择的 torso 应该是这样的年轻裸体吧——它光滑、柔韧、结实，血液在其中的流动能呈现出最微妙之曲线。它能让流经的血潮显示出最美的自然的纹样，就像自由自在地贯穿原野的小河，或是被截断的巨大古树所显示的木纹一样。一定不会错吧？

——一定不会错。

尽管如此，我的自省力却有着一种难以参透的构造，就像把一张细长的纸条从中间交叉拧转一下，再将两端粘接起来，形成一环状，结果就说不清哪是纸条正面哪是纸条反面了。后来，感情的周期变化速度越来越慢。可是在二十一岁时，我只能被蒙着眼睛在自己感情周期的轨道上旋转，因战争末期那种惶惶不可终日的末日感，

---

1. torso，躯干。

这时的旋转速度已几乎使我头晕目眩，无暇一一顾及各种因果、矛盾、对立等问题，结果矛盾依旧不变，以我难以察觉的速度从我身边掠过。

一小时后，我唯一考虑的事情就是如何给园子写一封得体的回信。

……说话间樱花就开了，却没人有赏花的闲情。我想在东京能赏樱花的大概只有我那个大学我那个系的学生了。我从大学放学后，常常独自或与两三位同学一起在 S 池一带散步。

樱花的娇媚令人不可思议，但到处都已看不到那些相当于樱花衣裳的红白布幕[1]，也看不到茶店的热闹情景、赏花的群众以及卖气球、风车的小贩，所以长青树木间那些盛开的樱花令人觉得好像是在看着樱花的裸体。大自然的无条件奉献，大自然的无益的奢侈，从没有像今春这样美得如此妖艳。我产生了不悦的疑惑，觉得大

---

1. 红白布幕，赏花道上设置的红白布条。

自然是不是要重新征服这块土地了。今春的美艳绝非寻常之事，菜花的黄，嫩草的绿，樱树树干那娇滴滴的黑，还有冠盖树梢的郁郁花丛，所有这些色彩在我眼里都艳得带有恶意。换句话说，这就是一场色彩的火灾。

我们在樱花树丛和池塘之间的草地上漫步时，争论着那些乏味的法律理论。那时我非常喜爱Y教授所教的国际法所具有的讽刺性效果。在空袭时，教授仍器宇轩昂地讲授着没完没了的有关国际联盟的课程，对我来说，似是在听麻将或国际象棋的课程。"和平！""和平！"——这声音好似远处的铃声般不绝于耳，我只把它当作耳鸣而已。

"这是物权的请求权的绝对性问题。"一位来自农村的学生A这样说。他体格高大、肤色黝黑，却因严重的肺浸润而没能当兵。

"别讲了，太没意思了。"学生B打断他话。B脸色苍白，一看便知是肺结核患者。

"天上有敌机，地上有法律……哼……"我嗤笑道，"天上有光荣，地上有和平。是吗？"

只有我一人不是真有肺病。我假装有心脏病。这是一个必须在勋章和疾病当中做一选择的时代。

一阵踩踏樱花树下草地的声音蓦地让我们驻足，脚步声的主人看到我们也显出吃惊的样子。这个年轻的男子穿着脏兮兮的工作服和木屐，能证明他是年轻人的唯一标志，是军帽下露出的短发的颜色。他的脸色晦暗，胡子稀疏而凌乱，手脚满是油迹，脖子上也有污垢，这一切都显示出一种与年龄无关的阴惨的疲乏。他的斜后方有一位年轻女子，生气似的低着头。她梳着垂髻，那件土黄色的外套，使得下身那条崭新的飞白花纹的扎腿裤有一种奇妙的新鲜感。这一定是一对正在幽会的征用工，可能是翘了一天班出来赏花。见到我们时大吃一惊，可能是因为把我们当作宪兵了。

　　这对情侣不满地斜睨我们一眼，便走过去了。我们再也打不起精神说话了。

　　樱花还没完全盛开，法学系就再度停课，我们被动员到离S湾几里[1]远的海军工厂去做工。当时，母亲和妹妹、

---

1. 里，日里，日本长度单位，一里约等于三点九二七千米。

弟弟也被疏散到伯父家去，伯父在郊外有着一个小农场。东京的家里有一位在念初中但很老成的工读生留下来照顾父亲。没有米的日子，他把煮好的大豆用研钵捣成呕吐物一样的粥给父亲吃，自己也吃。仅存的一点点副食品，他就趁父亲不在时不露痕迹地大快朵颐。

海军工厂的生活比较悠闲。我担任图书馆管理员，也参加挖洞的工作。我们和台湾童工一起挖掘大的横穴，供部件厂疏散时用。这群十二三岁的小恶魔对我来说是最好的朋友，他们教我讲台湾话，我讲故事给他们听。他们确信台湾的神明在空袭时会保佑他们，总有一天他们会被平安地送回自己的故乡。他们的食欲大到令他们不择手段，其中一位机灵鬼把从值班厨师眼皮下偷来的米和蔬菜加上足量的机油后做成炒饭，我则对他们这顿混有齿轮味的招待敬谢不敏。

不到一个月的时间，我和园子之间的书信往来，逐渐具有了一些特殊的意味。在信里我少了拘束，变得大胆。某天上午，解除警报的笛声响过之后，我回到工厂，读着送到桌上的园子的信，我的手在颤抖，自己委身于一种轻微的陶醉之中，嘴里不断地重复着信中的一行字：

"……我爱慕您……"

她的不在眼前增加了我的勇气，距离赋予了我正常性的资格，换言之，我具备了临时雇用的正常性。时间和空间的相隔，使人的存在抽象化。也许，我对园子的倾慕，以及与这倾慕并无关系而且是脱离常规的肉体性欲求，正凭借着这种抽象化而成为等质的东西，在我的身体里融合，毫无矛盾地使我的存在固着于每时每刻之中。我是自在的，每天的生活都充满了不可言喻的快乐。谣传敌人会在 S 湾登陆，这一带会被他们攻陷，死亡的希望也比以前离我更近。在这种状态下，我才真正"对人生抱有希望"！

四月过半后的一个周六，我难得地获准外宿。回到东京的家里，从书架上抽出几本书准备带到工厂去看，随后就去郊外母亲她们的住处，准备在那里过夜。但是回程的电气列车因为遭遇空袭警报而时开时停，我在车上突然一阵恶寒和剧烈的眩晕，全身发热倦怠。以过去多次的经验，我知道这是扁桃体发炎的症状。一到家便让工读生把床铺好，我立刻睡下。

过了一会儿，楼下传来热闹的女人说话声，刺激着我滚烫的额头，接着听到有人上楼后在走廊上小跑的脚步声。我稍稍睁眼，看到一件肥大的和服的下摆。

"……怎么搞的？真不中用。"

"啥呀？那不是茶子吗？"

"五年没见，就这样跟我打招呼吗？"

她是远房亲戚家的女儿，名叫千枝子，在亲戚间被叫成茶子，比我大五岁。上次见面是在她的婚礼上。听说去年丈夫战死后，她变得异常开朗，甚至令人觉得不正常，不过，也因此可以不必再对她说些安慰的话了。我呆呆地不吱声，只觉得她插在头上的那一大朵白色人造花最好能拿掉。

"今天我有事找阿达。"她这样称呼我父亲达夫，"为了搬运行李的事请他帮忙。听说最近爸爸遇见阿达时，他答应帮我们介绍一个好地方的。"

"听说父亲今天要稍晚一些回来。我不管这事，可是……"她的嘴唇太红，让我感到不安，可能因为发烧，那红色令我觉得刺眼，头疼得更厉害了，"你现在如此化了妆在外面走，没被人说什么吗？"

"你也到了留意女人化妆的年龄吗？看你躺在那里的样子，就像刚断奶而已。"

"讨厌。你出去吧。"

她却故意靠过来。我不愿被她看见自己穿着睡衣的样子，便把被子拉到颈部。她突然把手伸到我的额头，那种刺人般的冰冷来得正是时候，使我非常感激。

"好烫。量了吗？"

"三十九度整。"

"得用冰来退烧。"

"没有冰。"

"我来想办法。"

千枝子高高兴兴地下楼去了，一面还啪啪地互相拍打着和服的两只袖子。后来她又上来，从容地坐下说：

"我让那男孩去拿了。"

"谢谢。"

我看着天花板。她拿起我枕边的书，冰凉的丝织衣袖碰到我的脸颊。我突然想要这冰凉的衣袖，想让她把衣袖放在我的额头上，却又打消了这个念头。屋里暗了下来。

"那孩子做事真慢。"

发烧的病人对时间的感觉具有一种病态的准确，千枝子不耐烦地嫌慢，我却觉得她太急了。过了两三分钟，她又说：

"真慢。那孩子到底干什么去了？"

"不慢！"

我神经质地怒吼道。

"小可怜激动了。把眼睛闭起来吧，别用那样可怕的眼神盯着天花板了。"

一闭上眼睛，我就被聚在眼睑的高热烧得难受。突然觉得有东西触到了我的额头，同时带着轻微的气息。我挪开额头，发出并无什么意义的喘息。这时，那气息混进了一种异样的热气，我的嘴唇突然间被油腻的东西重重地封住，牙齿的撞击发出声响。我不敢睁眼去看。这时，一对冰凉的手掌夹住了我的脸颊。

过了一会儿，千枝子把身体移开，我也半抬起身子，两人在薄暮中互相凝视。千枝子的姊妹都是淫荡女人，显而易见，相同的血液在她的体内燃烧着。可是她的燃烧与我因病的发烧，结合成一种难以解释而又奇妙的亲和感。我把身体完全坐起来说："再来一次。"在工读男孩回来以前，我们没完没了地接吻，她则不住地说"只接吻，只接吻"。

——我不明白这次接吻有无肉欲在内，但无论如何，初次体验本身就只能是一种肉体的感觉，这种场合也许是无须去做区分的，而且也来不及再从我的沉醉感中去提炼观念性的要素了。重要的是，我已成为一个"懂得接吻的男人"。就像那种疼爱妹妹的男孩拿到别人给的美味点心时立刻就会想到"要给妹妹吃"一样，我和千枝子拥抱时，却一心想着园子。此后，我的心思都集中在和园子接吻的空想中，这就是我所犯的最初同时也是最重大的错误。

总之，对园子的思念使我对自己这最初的体验渐渐感到丑陋。第二天千枝子给我打电话时，我谎称自己要回工厂去了，从而没有遵守与她幽会的约定。这种不自然的冷漠，原因在于最初的接吻并未使我产生快感，但我无视这一事实，却一心要使自己相信是因为我爱着园子，所以才会觉得这件事很丑陋。利用对园子的爱作为借口，这是第一次。

　　像初恋的少男少女所做的那样，我和园子也互相交换了照片。她写信告诉我，她把我的相片放在项链坠子里挂在胸前，但园子送我的照片太大，只能放在对折钱包里。由于无法放进内袋，我只好用布包着带来带去，又怕自己不在工厂时发生火警，便连回家时也带在身边。一次晚上要回工厂时，在电气列车里突遇空袭警报，先是熄灯，过了一会儿才疏散。我在黑暗中用手去摸索行李架，发现大包连同里面放相片的布包被偷走了。我是个迷信的人，从这天开始便惴惴不安，一心要早点去和她见面。

　　五月二十四日夜里的空袭，就像三月九日半夜的空袭一样决定了我的命运。我与园子之间诸多的不幸散发出一种类似瘴气的东西。这种东西或许是必要的，正如某种化合物需要硫酸作为媒介一样。

　　藏身于广阔的原野和丘陵接壤地带上的无数个防空壕里，我们看到东京的天空被烧得通红，不时发生的爆炸可以让我们在云间看到一片白昼般的蓝天，那可是深夜的一瞬间出现的蓝天，简直令人不可思议。无力的探照灯好似在迎接敌机，让敌机机翼不时地闪现在它淡淡的十字形光条中，并次第地向着东京附近的探照灯传递着光的接力棒，发挥了殷勤的诱导作用。近来高射炮的射击越来越稀疏，B29得以轻松地到达东京上空。

从我们这个地方很难分辨出在东京上空进行空战的敌我双方，可是每当看到深红色的天空背景中被击落的机影，看热闹的观众就会齐声发出热烈的喝彩，其中闹得最欢的是少年工，遍及四处的横穴壕中发出剧场般的拍手和叫喊声。我想，对这些远处的看客来说，坠落的飞机属于敌方还是我方，本质上并无多大差异。战争就是这么回事。

——第二天早晨，我踩着还在冒烟的枕木，走过用烧了一半的木板铺设的铁路桥，沿着已有半段不能通车的民营铁路步行回家后，发现只有我家附近完全没被烧到。碰巧住在家里的母亲和弟弟妹妹反倒因昨晚的大火来了精神。为了庆贺房子没被烧毁，便从地下挖出了羊羹罐头，大家吃了一顿。

"哥哥爱上什么人了吧？"

十七岁的妹妹蹦蹦跳跳地进了我屋说道。

"谁说的？"

"我知道得一清二楚。"

"我不可以喜欢别人吗？"

"当然可以。什么时候结婚？"

——我吃了一惊，心情就如逃犯听到不知情者偶然提及案情一样。

"我不会结婚。"

"真不道德。既然一开始就没打算结婚，又何必那么火热的呢？男人都是坏蛋。"

"你再不走，小心我用墨水泼你。"

剩我一个人时，我口中反复地说："是的，在这个世上，结婚是天经地义的事，生孩子也是。我为什么会忘了这个，至少是做出忘记的样子？由于战争的激化，结婚这点些微的幸福也被错觉为不该的事情。其实，结婚对我来说也许就是极其重大的幸福，重要得令人怃然。"这种想法促使我产生了今天或明天必须要见园子的矛盾决心。这就是爱情吗？或许这是一种类似于针对不安的好奇心吧，每当不安存在于我的内心时，它就会以奇怪的热烈形式出现在我的身上。

园子和她祖母及母亲写了几封信请我去玩。我觉得住到她伯母家非常不自在，便要园子为我找酒店。她找遍了某村的酒店，每家都被官方征用，有的还软禁了德国人，根本不能住。

酒店——我曾经的幻想。这是我少年时代以来的幻想的实现，也是我因沉溺于恋爱小说而致的坏影响。如此说来，我的思考方式有着堂吉诃德式的成分。堂吉诃德时代有很多人爱读骑士故事，但是受骑士故事毒害如此彻底的，也只能有堂吉诃德一人。我的情况也与此相同。

酒店、密室、钥匙、窗帘、温和的抵抗、战斗开始的默契……这个时候，应该只有这个时候我才是可以的。此时我的正常性应像天生的灵感一样燃起，我应判若两人似的变成一个认真的男人。正是此时，我应能无所畏惧地抱住园子，尽我所能地去爱她。疑惑和不安应一扫而空，我应可以发自内心地说出"我喜欢你"。从这天起，我应可以走在空袭下的大街上大吼："这就是我的爱人！"

浪漫主义的个性会对精神作用滋生一种微妙的不信任，并导向一种不伦的行为——梦想。梦想，并非如一般人所认为属于一种精神作用，倒莫若说是一种对精神的逃避。

　　可是酒店之梦却在前提阶段就未能实现，某村的酒店没有一家可以入住，园子再三写信邀我住到她家，我回信表示同意。一种类似倦怠的安心感控制了我，连我也不愿把这种安心感曲解为放弃。

　　我于六月十二日出发。海军工厂里人人意志消沉，要想请假，可以找出任何理由。

　　火车里脏而空。对于战争期间火车的回忆（除了那次与园子同行是愉快的）为何都是这样阴惨呢？这次我又被一种孩子似的固定观念折磨，受着火车的颠簸。这种观念便是：和园子接吻前绝不离开某村，不过这种想法不同于人在与因欲望而生的念头斗争时那种充满自尊的决心。我觉得自己很像是去偷盗，又如一个懦弱的喽啰被头目强迫去做强盗一般。因被爱而生的幸福刺伤了我的良心。我所追求的也许是一种注定的加倍的不幸。

园子把我介绍给她伯母。我竭力装得一本正经。我感到大家在默默地互相传递着这样的话语："园子怎么会喜欢这样的男人？就是个白面书生嘛。这种男人到底好在哪里？"

因为刻意要得到大家的好感，我便没有采取上次在火车上那种排他的举动。我帮园子的小妹妹们学习英文，她祖母谈起在柏林的旧事时我也尽量附和。奇怪的是，这样反使我觉得与园子更接近了。我在她祖母和母亲面前多次大胆地与她对眨眼睛，吃饭时在桌下互相碰脚。她也渐渐热衷于这种游戏，我对她祖母冗长的谈话感到无聊时，她便倚在梅雨时节绿叶遮掩的窗前，在祖母的背后把胸前的项链坠子用手指夹起来摇给我看。

她那半月领衬托出的胸部白皙，白得耀眼！她对我做那动作时的微笑，让人想起朱丽叶那被"淫血"染红的脸颊。有一种淫荡有别于成熟女人的淫荡，那是唯有处女才配有的，如微风般令人陶醉。这可归为一类可爱的恶趣味，就像有人特别喜欢胳肢婴儿一样。

我的内心这一瞬间突然沉醉于幸福中。我久已不曾接近幸福这一禁果，但现在它却以一种悲哀的执拗诱惑着我。我觉得园子好似一个深渊。

　　说话间，我还有两天就必须回海军工厂了。我给自己定下的接吻这一任务尚未完成。

　　雨季的稀雨笼罩了高原一带。我借了自行车去邮局寄信。园子为逃脱被征做工而在政府的一个部门上班，午后这个时间正是她翘班回家的时候，于是便与我约了在邮局会合。一片网球场被围在雾雨淋湿的生锈的铁丝网当中，孤零零地寂无人迹。一个德国少年骑车与我擦肩而过，那濡湿的金发和濡湿的白手让我觉得晃眼。

　　在带有古风的邮局等了几分钟，门外渐渐放亮，雨停了。这只是一时的放晴，也就是让人觉得放晴而已，云层未开，只是现出了一种白金色的亮光。

　　园子的自行车停在玻璃门外。她气喘吁吁，濡湿的肩起伏着，但健康的颊红中笑意盈盈。"机不可失！"我觉得自己就像一只被呼唤的猎犬一样，这种义务观念已带有一种恶魔之令的味道。跳上自行车，我与园子并排穿越某村的干道。

　　我们在冷杉、枫树和白桦树间穿行，闪亮的水珠从树上滴下。园子随风飘动的头发非常美丽，健硕的大腿欢快地随着踏板摆动，让人觉得她就是生命的象征。通过现已无人使用的高尔夫球场的门口，我们下车沿着球场边潮湿的路行走。

我像新兵一样紧张。前面有树林，那里的树荫最合适。走到那里大约有五十步距离，在第二十步时有必要和她说些什么，消除她的紧张；剩下的三十步间可以讲些可有可无的话；五十步时，放下自行车的脚撑，然后望着山那边的景色，接着把手放在她的肩上，低声对她说："能够这样，简直像做梦一样。"这时，她会说些很幼稚的话，于是我用放在她肩上的手使劲把她身子拉到自己面前。接吻的要领与吻千枝子时完全相同。

我发誓对演出忠诚，不会掺有爱情和欲望。

园子在我的手臂中。她喘着粗气，脸颊红得像一团火，睫毛紧紧闭合。她的唇稚气而美丽，却依然没引起我的欲望，但我时刻地期待着：我的正常性以及我那并非强装的爱情在接吻的过程中可能出现。机器在快速运转，已无人可以阻挡。

我把嘴唇覆盖在她的唇上，经过一秒钟，没有任何快感。经过两秒钟，还是没有任何快感。经过三秒钟——
于是我完全明白了。

在移开身体的那一瞬间，我用悲哀的目光看着园子。
假若此时她看到我的眼神，应该能看到一种难以言喻的
爱的表现，对于人类来说，那是一种无人可以断言其是
否存在的爱情。然而她已被羞怯和一种纯洁的满足所击
溃，像偶人似的低垂眼睑一动不动。

我像照顾病人一样，默默地抓着她的手臂，走向自
行车的方向。

我必须逃避，尽快逃避。我陷入焦虑之中。为了不
使自己不开心的表情被觉察，我装得比平时更活泼。晚
饭时，我这副幸福状与大家都能发现的园子那严重的失
神状态，显得过分暗合，结果反对我不利。

园子显得比平时更加娇翠欲滴。她的容貌本来就有
一种故事般的美丽，具有故事里那种恋爱中少女的风情。
只要看到她这种纯真的少女情怀，不管我装得如何活泼，
心中却越来越清楚地知道自己没有资格拥抱如此美丽的
灵魂。我因此而不时地语塞，以致她母亲表示为我的身

体担心。这时园子便以她那可爱的领会力有所觉察，于是又摇晃着链坠给我打气，发出"不必担心"的信号。我不禁微笑了。

我俩旁若无人地交换微笑，令大人们做出半是疑惑半是惊讶的表情。想到这种表情是否意味着大人们在考虑我俩的将来之事，我不禁怵然。

第二天我们又来到高尔夫球场的同一个地方，我找到了我俩昨天留下的遗迹，也就是我们践踏过的黄色野菊草丛。那草今天已经干枯。

习惯是可怕的，我又吻了她，尽管这种接吻在事后曾那样使我苦恼。不过，这次是像对妹妹似的接吻，于是这种接吻反而具有了不伦的意味。

"下次什么时候能见面？"

"只要美军不从我那里登陆，"我回答道，"再过一个月左右，我就可以休假了。"

我内心盼望着，岂止是盼望，简直就是迷信般地确信：这一个月期间，美军会从 S 湾登陆，我们将被征为学生兵，一个不剩地战死；或者被无人可以想象的巨大炸弹炸死，不管我在哪里——或许我已经预想到原子弹了吧。

然后我们朝着向阳的坡面走去，两棵白桦树像一对心地良善的姊妹在坡上投下树荫。低头走路的园子说：

"下次见面时你送什么礼物给我？"

"我现在能拿来的礼物……"我无奈之下只能跟她打哈哈，"只能是还没完工的飞机或是带泥的铲子之类……"

"我要的不是有形的东西。"

"那到底是什么呢？"我越发装糊涂了，同时又越发觉得被步步紧逼，"这真是个难题，待我在回去的火车上慢慢想吧。"

"好的，那就这样吧。"她的声音出奇地威严而沉稳，"一言为定，你带礼物给我。"

园子在"一言为定"上加重了语气，我只好强作欢快状来保护自己。

"好，咱俩拉个钩。"我落落大方地说。

我们就这样勾了手指。看起来天真无邪，但孩时的恐惧感又突然在我心中复苏，那就是拉了钩以后，谁若破坏约定，手指就会烂掉，这种说法在孩子的心中造成了一种恐惧。园子虽没说礼物是指什么，但显而易见说的就是"求婚"，所以我的恐惧是有原因的。我的恐惧就像夜晚不敢独自如厕的小孩对周围的一切都怀有的那种恐惧。

那晚要睡觉时，园子一面用我卧室门口的布帘把身子半围起来，一面以固执的语调要求我再多住一天。这时，我只能在床上愕然地盯着她看。本以为自己算计有方，谁知却从第一项开始就失算，并导致整体崩盘。现在看着园子时，我真不知应如何去判断自己的感情。

"你一定要回去吗？"

"是的，一定要回去。"

我答话时的心情反而是高兴的，虚伪的机器又开始了轻率的运转。我的高兴只不过是因为自己得以摆脱恐惧了，我却把它解释为来自一种优越感，而这种优越感是因为自己具有了一种能让她着急的新权力。

自欺欺人现在已成为我的救命稻草。负伤者救急用的绷带并不一定要求清洁，我则希望至少能以惯用的自欺欺人来止血，然后再赶去医院。我把那个乱糟糟的工厂想象成我所向往的纪律严明的营房，就像那种明天早上不回去就会被关禁闭的营房。

出发的早晨，我一直看着园子，就像旅客看着他即将离开的风景。

我知道一切都已结束，虽然我周围的人都认为一切才刚开始，而且我也希望自己置身于周围那种和善的警戒氛围中并以之欺骗自己。

尽管如此，园子那平静的样子却让我不安。她帮我往包里装东西，并在屋里来回穿梭，看看我是否忘了东西。过了一会儿，她站在窗边一动不动地看着窗外。今天是个阴天，早晨入眼的都是青绿的嫩叶，松鼠无影无踪地在树上穿行时摇动了树梢。园子的背影洋溢着一种宁静而又稚气的"期待表情"。若将这种表情的背影弃之不顾而径自离开房间，就像任橱柜开着门而自己离开房间一样，都是一丝不苟的我所不堪忍受的。我走过去，从后面柔柔地抱住她。

"你一定会再来吧？"

她的语调轻松而确信，这与其说是出于对我的信赖，倒不如说是超越我而对一种更深层次的东西的信赖。园子的肩膀没有发抖，蕾丝花边覆盖下的胸部高傲地起伏着。

"嗯，大概吧，只要我还活着。"

——我为自己说出这话而感恶心，因为以我的年龄，更希望我这样说：

"我当然会来。我会排除万难来见你的。安心等我吧，你不就是那个将要成为我太太的人吗？"

我对事物的感受方式和思考方式都处处出现这种珍奇的矛盾。之所以采取"大概吧"之类模棱两可的态度，并不应归罪于我的性格，而应归罪于更先于性格的东西，也就是说原因不在我身上，这一点我是很清楚的。正因如此，我就常常针对至少是属于我本身之原因的这一部分给予健全的、常识的训诫，而且这种训诫甚至到了可笑的程度。在我从小就持续不断的自我锻炼中，我宁死也不愿成为那种模棱两可的人、没有男子气概的人、爱憎不明的人、自恋而不知爱人的人。这当然只是针对属于我自己的那部分因素所能进行的训诫，而对不属于我自己的那部分因素，则是根本不可能实现的要求。在现在的情形之下，若要像男子汉一样对园子表达明确的态度，就算有参孙[1]之力，我也不可能做到。因此现在园子所看到的这种似乎是出于我性格的表现，这种模棱两可的男人印象，使我对自己产生了厌恶感，认为自己的存在毫无价值，使我的自尊被击碎。我对自己的意志和性格都不信任了，至少不得不认为自己与意志相关的部分都是赝品。但是像这样夸大意志作用的想法，也是一种类似于梦想的夸张。就算是正常的人，也不可能仅凭意志去行动。就算我是正常的人，目前也还未完全具备与园子共度幸福婚姻生活的条件。以此看来，正常的我也只能答以"大概吧"。对于如此容易理解的假定，我尚且都已惯于故意闭眼无视，宛如不愿失去任何一个折磨自己的机会——这就是无路可逃的人的惯用手法，用来把自己赶进某种不幸的感觉之中，而这种感觉对他们来说就是一种安居之地。

园子用平静的语调说：

---

1. 参孙，旧约圣经中的犹太领袖，力大无比。

"放心吧，你不会受一点伤的，因为我每晚都会向神祷告。我的祷告至今都很见效。"

"你真有信心。也许正因如此吧，你看起来特别沉着，简直到了可怕的地步。"

"为什么？"

她那聪明的黑瞳睁大着，讯问的眼神中却又不带丝毫猜疑。与这样的视线相碰，我乱了方寸，无言以对。我原先曾产生一种冲动，想把看似正在平静中沉睡的她摇醒，结果反是园子的黑瞳摇醒了我心中沉睡的部分。

——妹妹们要去上学，来与我告别。

"再见！"

小妹妹要求与我握手，突然用手指搔了我的手心，然后逃到门外，在树叶间洒落的稀疏阳光下，高举起绑着金黄色带子的红色便当盒晃动着。

园子的祖母和母亲都来为我送行，所以在火车站的分离就变得若无其事，少了深意。我们开着玩笑，做出一副无所谓的样子。火车来了，我占了窗边的位子坐下，唯一的念头是希望赶紧发车。

这时，一个响亮的声音从意外的方向叫我，那正是园子的声音。原先已熟悉了的声音，变成一种遥远而新鲜的呼声震惊了我的耳朵。"那正是园子的声音"——这种意识如清晨的光线射进我的心。我把目光转向声音的方向，她穿过车站员工专用的出入口，抓住月台一侧被火烧过的木栅栏，单色格纹无纽短上衣中间露出的蕾丝在风中微微摇动。她睁大眼炯炯有神地朝我看着。火车启动了，园子那略厚的嘴唇带着欲言又止的样子从我的视野中消失。

园子！园子！火车每晃动一次，我的心中就浮现出这个名字。我觉得这是一个无法形容的神秘称呼。园子！园子！这个名字每重复一次，我的心就被击溃一次。像一种惩罚一样，强烈的疲乏随着这名字的反复出现而加重。如何向自己解释这种透明的痛苦的性质，这对我来说是一个无可类比的难题。因为这种痛苦过于偏离人类的正常轨道，以致我甚至难以感到这是一种痛苦。打个比方，这种痛苦就如同一个人在晴朗的中午等待午炮响起，时间过午，午炮却仍沉默，他想在蓝天中寻找原因时的那种痛苦。那是一种可怕的疑惑，因为全世界只有他一人知道午炮没在正午时分响起。

完了。完了。我自言自语道。我的哀叹近于胆小的学生因考试不及格而发出的哀叹。失败了。完蛋了。我错在漏了那个 X 没解，假如先解了那个 X，就不会发生这种事了。对于人生的数学，我本应采用和大家一样的演绎法，我却以自己的小聪明，独自采用了归纳法，从而铸成大错。

我这副过于懊恼的样子引得我对面的乘客不解地看着我。那是一位穿着蓝制服的红十字会护士和像是她母亲的贫穷农妇。我意识到她们的视线，便朝护士的脸看了一眼，这位像酸浆果一样红润的胖姑娘不好意思地向母亲撒娇：

"我肚子饿了。"

"还早呢。"

"但我真的饿了。"

"真不懂事。"

母亲拗不过女儿，便拿出了便当，便当内容的寒酸更甚于工厂给我们提供的伙食，两片腌渍萝卜加上以红薯为主的米饭，护士小姐却吃得狼吞虎咽。我觉得人类吃饭的习惯从未显得如此无聊，便移开了视线。后来，我意识到自己之所以有这种看法，是因为我已完全丧失了生存的欲望。

　　那晚回到郊外的家安顿下来，我有生以来第一次认真地想要自杀。想着想着，又觉得这种事太麻烦，又有点滑稽。我先天对于失败缺乏喜感，再加上觉得自己周围如同秋收一样丰富的众多死亡，诸如受灾而死、殉职、病死、战死、车祸等当中，总有一类已将我注册在案，死刑犯是不必自杀的。想来想去，现在不是自杀的季节。我等待有人来杀我，就如同我在等待有人来让我存活。

　　回到工厂两天后，我便收到园子充满热情的信。那是真正的爱情。我感觉妒忌，这是好似人工养殖的珍珠对天然珍珠所感到的那种无法克制的妒忌。可是，这个世界上真会有男人因女人对自己的爱而妒忌吗？

　　园子在车站和我分别后就骑自行车去上班。看到她一副失神的样子，同事问她是否身体不适。处理文件时也几次出错。中午回家吃饭，下午再去上班时，她拐到高尔夫球场后停下自行车，看到附近的黄色野菊花还保持着被踩踏后的情景，然后又看到火山的山体随着雾的消散而展现一种带着明亮光泽的赭石色，而沉郁的雾气又从山峡升起时，那两棵善良的姊妹似的白桦的树叶在颤抖，好似有着一种依稀的预感。

我在火车上煞费苦心地考虑如何逃离自己培植的对园子的爱情，而在这种时刻，我又常常会有那么一瞬间将自己置身于某种借口并因此而心安理得，这种可怜的借口也许最接近于真实，那就是："正因为爱她，所以必须逃离她。"

我后来又几次给园子写信，信中的调子毫无进展，但也看不出冷淡的意思。不到一个月，草野被准许第二次会亲，我接到通知，说草野一家要来探望已迁到东京郊外部队的草野。我的懦弱个性让我也一起去了。我曾那样不可思议地要想逃离园子，现在却又非见她不可了。一旦见面，在没有变化的她面前，我发现自己完全变了，不再能跟她开一句玩笑。我的这种变化在她哥哥、祖母和母亲看来只不过是我很规矩。草野带着平时素有的温和目光对我说的一句话却使我战栗。

"最近我会发一份重要通牒给你，请你静候。"

——一周后，我在休息日去母亲那里时，这封信已经寄到，那熟悉的稚拙字体表达了确凿无疑的友情：

关于园子的事，全家都认真对待，我被任命为全权大使，任务非常简单，只是想听听你的意思。

大家都很信赖你，园子更不待言。母亲甚至好像已开始考虑婚礼的时间。婚礼的事暂可不论，但我想确定订婚的日程似已不算为时过早。

当然，这些都是我们单方面的想法，关键是要看看你的想法。等知道你的心意后，我们再全家商议此事。我虽提出此事，也完全无意限制你的意志，只是知道你的真意才能让我放心。就算你拒绝此事，我也不会怨恨或生气，更不会影响我们之间的友情。你若能同意此事，我自然欢欣鼓舞，但若拒绝，我也不会难过，希望你以自由的意志给我率真的答复，不要顾及面子，也不要出于无奈。我以好友的身份等你的答复。

我愕然，急忙环视四周，生怕自己读此信时被人看见。

以为不会发生的事情还是发生了。我没有算到，对于战争的感受方式和思考方式，我与那家人竟有偌大的差异。我现在才二十一岁，还是学生，正在飞机厂打工，而且在战争的持续中长大。对于战争的力量我看得过于浪漫。在如此惨烈的战争中，人们的生活磁针仍朝着一个方向运转。在此之前，我自己也觉得自己是在恋爱，却为何不曾意识到这一点呢？我带着一种怪怪的嗤笑重读了此信。

于是，那种最常见的优越感在搔弄着我的心。我是胜利者，客观地说，我是幸福的。没有人对此责备。如此说来，我也应有权利轻蔑幸福。

内心充满不安和无法忍受的悲哀，我却把自大、嘲讽的微笑挂在自己的嘴角。我觉得自己不妨跃过这条小沟，权将此前这几个月当作一场玩笑，自认为打一开始就不会去爱园子，不会去爱那样的小女孩，只是受了一点点欲望的诱惑（弥天大谎！）而欺骗了她。拒绝她是轻而易举的事，仅仅接吻是无须负什么责任的。

"我并不爱园子！"

这个结论让我欣喜。

这是一件挺不错的事。我成了这样一个男人：诱惑了一个自己并不爱的女人，点燃了对方的爱情之后再不屑一顾地将她抛弃。这样，我就与一个循规蹈矩的优等生标准相去甚远了……尽管如此，我不应不知道，没有一个色魔会在目的未遂时就抛弃女人的……就像那些顽固的中年女人一样，我养成了对自己不愿听的事情充耳不闻的习惯，于是我闭上了自己的眼睛。

剩下的事就是设法阻止这件婚事了，就像阻止情敌的婚事一样。

我打开窗子招呼母亲。

夏天的骄阳在一大片菜园的上空照耀，西红柿和茄子以反抗的姿态向着阳光昂扬着它们那已干枯的绿意，太阳在它们偾张的叶脉上涂满煮熟了的光线，植物暗淡的生命力被压抑在菜园里随处可见的光明之下。远处，神社的树林将它们灰暗的面孔朝向这边。神社后方看不见的低地，时而会有郊区电车带着温和的震动通过，每当此时，便可看到电车导线杆移动后电线发出懒洋洋的火花，在沉厚的夏云形成的背景下，那火花有意无意、漫无目的地闪烁了一会儿。

一顶系有蓝色缎带的大麦秸草帽从菜园正中立了起来，那是母亲。舅舅的麦秸草帽并不掉转方向，像一株折断的向日葵一样一动不动。

母亲自来这里生活以后稍稍晒黑了一点，老远便可看到她的白牙。走到声音传得到的地方之后，她用孩子般的尖声叫道：

"干吗呀？有事应该自己过来说。"

"有要紧事，过来一下吧。"

母亲不情愿地慢慢走近，手里的篮子里装着成熟的西红柿。她终于把篮子搁在窗框上，问我有什么事。

我没给她看信，只是择要说了信中内容，说着说着，我已不知自己为何要叫母亲过来。我在这里喋喋不休，其实不就是为了说服自己吗？我以平静的表情，列举各种现在不宜结婚的条件：父亲是个神经质、爱唠叨的人，生活在一个屋檐下，做我妻子的人必将非常难受；而以目前的状况，一时又不可能另置房子；我家古板的家风和园子家开明的家风应难融合；我本人也不想这么早娶妻给自己背上包袱；等等。我希望得到母亲顽固的反对，但母亲是个温和宽厚的人，她未加深思就插嘴说：

"你这话有点奇怪。那么你的意思到底如何，是喜欢还是讨厌？"

"这事我也是……"我有点语塞，"我并不那么认真，有点玩玩的意思，但对方却很认真，这就不好办了。"

"那也没什么问题。你应该尽早说清楚，这对双方都有好处。反正对方来信也是试探一下你的意思，你回信说清楚就行……妈妈要走了，没事了吧？"

"啊……"

我轻舒了口气。母亲走到玉米秸栅栏门前，又踏着碎步折返我的窗边，这次她的表情与刚才有点不一样。

"刚才你说的那事……"母亲用一种女人看着陌生男人那样的目光看着我说，"……园子小姐那事，你难不成……已经……"

"你想歪了，妈……"我笑了出来，却又觉得这是自己有生以来最难堪的笑，"你觉得我会做出那种荒唐事吗？你就这么不相信我？"

"我知道了。我就是想确认一下。"

母亲的脸色重又放晴，不好意思地解释：

"当妈的活着就是为这些事操心的。没问题，我相信你。"

那天晚上，我写了一封连自己也觉得不自然的婉拒信，内容大致是：此事太突然，目前阶段还没想那一步。第二天早上回厂的路上，去邮局寄那封信时，办快信业务的小姐诧异地看着我发抖的手。我眼睁睁地看着那封信被她脏兮兮的手粗鲁而公式化地盖上印章。看到自己的不幸被公式化地处理，我的心情得到了宽解。

空袭的目标转向中小城市，生命的危险看来暂时消失。学生间流传着投降的说法，年轻的副教授陈述暗示性的意见，开始想在学生中收揽人心。一看到他在发表那些可疑的见解时那副得意样，我就想我不会受骗。另一方面，我对至今仍坚信胜利的狂热群众则报以白眼。对我来说，战争是胜是败都无所谓，我只想换一个活法。

我因原因不明的高烧回到郊外的家中。我受着高热的折磨，一边盯着天花板，一边念经似的在心里叫着园子的名字，等到终于可以起床时，我听到了广岛毁灭的消息。

这是最后的机会了。人们谣传着下一个将是东京。我穿着白衬衫和白短裤在街上转悠。到了破罐破摔的地步，人们反倒表情坦然地走在街上。时间一分一秒地过去，却没有发生任何事。现在正如眼看打足气的气球就要爆炸时那种压力倍增的时候，人们反而有了一种明快的悸动感。可是时间在消逝，事情却没发生。假若这种日子持续十天以上，人们一定会疯掉。

　　一天，一架潇洒的飞机躲过一时疏忽的高射炮，从夏空中投下传单，那是求降的消息。那天傍晚父亲从公司下班后直接来到郊外我们暂住的地方。

　　"喂，那传单所说是真的。"

　　——他从院子进来，刚在侧廊坐下就这么说，然后把他抄录的可靠消息的英文原文给我们看。

　　我把这抄件拿在手上，未及过眼便已了解事实，这事实并非战败，对我来说——仅仅对我来说——这事实就是：可怕的日子将要开始。那种做人的"日常生活"，让我听了就要全身发抖，而且我一直自欺地认为它不会降临于自己，可是从明天开始，它就将不由分说地来临——这就是事实。

第四章

意外的是，我所惧怕的日常生活迟迟没有开始的迹象。这是一种内乱，令人觉得人们得过且过的程度比战时更甚。

曾将大学校服借给我的学长从军队回来了，我把校服还给了他，于是我一时陷入错觉，觉得自己似乎从回忆中，乃至从过去的生活中解脱了。

妹妹死了。我因知道自己还会流泪而感到一阵肤浅的安心。园子与某个男人相亲并订婚，我妹妹死后不久，她就结了婚。我当时的感觉似可称为如释重负。我对自己做出一副欢喜的样子，自负地认为这不是我被她抛弃，而是我抛弃了她的当然结果。

将自己被宿命逼迫的情况附会为自己意志或理性的胜利，这种多年来的恶癖已经发展为一种变态的自尊自大。我称为"理性"的特质具有一种不道德的感觉，一种因无常的偶然而占据王位的僭主的感觉。这个驴子一般的僭主甚至不能预知愚蠢的专制必会遭到报复。

　　接着的一年时间，我是以暧昧的乐天心情度过的，泛泛地学习法律课程，机械地上学和回家。我不打听任何事情，也无人为我倾听。我学会了年轻僧侣那种长于世故的微笑。我感觉不到自己是活着或已死去。那种自然的自杀——因战争而死——的希望已被断绝，我却好像忘了这点。

　　真正的折磨只会徐徐而来，就像肺结核，自觉症状发生时则已病入膏肓。

　　书店里的新书渐渐多了起来，一天我站在书店书架前，抽出一本装订粗糙的翻译书，一位法国作家饶舌的散文集。随手翻开的某页某行上的文字烧灼着我的眼睛，一种不悦和不安迫使我合上书，把它放回了书架。

　　第二天早上，我心血来潮，上学途中顺便去了那家离学校正门很近的书店，买下了昨天那本书。上民法课时，我偷偷把书拿出来放在打开的笔记本旁，寻找那一行字。这行字给我造成了更甚于昨天的不安。

"……女人的力量，完全取决于她的惩罚能给恋人造成的不幸程度。"

    我在大学有一位好友，是一家老字号点心铺老板的儿子。他一看便是个无趣而勤勉的学生，对人类和人生所持的轻蔑态度以及与我极其相近的羸弱体格都引起我的共鸣。我为了自我保护和虚张声势而养成了一种犬儒作风，他的犬儒作风则与我相反，让人觉得是根植于一种更有安全感的自信。我常思索他的自信由何而来。不久，他看出我还是童男子，便以一种高高在上的自嘲和优越感向我表明他到过不良场所，然后引诱我说：

"想去的话，打个电话就行，随时奉陪。"

"嗯，如果想去的话……可能……很快就会决定的。"

我这样回答。他显出有点不好意思的得意状，那表情的意思是：他完全能够了解我现在的心理状态，是因为由我而想起他自己当初处于同样状态时的羞耻心情。我有一种焦躁感，急于把他所认为的我的状态与现实中我的状态合二为一。

所谓洁癖，其实是服从于欲望的一种任性。我本来的欲望是一种隐秘的欲望，甚至不允许这种任性直截了当地表现出来。尽管如此，我假象的欲望——对女性的单纯而抽象的好奇心——被赋予了一种冷淡的自由，乃至没有了任性的余地。好奇心没有道德，它或许就是人们所能具有的最不道德的欲望。

我开始了痛苦的秘密练习，紧紧盯着裸妇照片测试自己的欲望，显而易见的是我的欲望毫无应答。在施行旧恶习时，先是没有出现任何幻影，后来就试着训练自己去想象女人最为淫荡的姿态，有时觉得自己好像成功了，但是这种成功却因过于劳心费力而让人兴味索然。

我决心试试，便打电话给他，约他星期天下午五点在一家吃茶店等我。那是在战争结束后第二个年头的一月中旬。

"终于下决心了吗？"他在电话里咏咏地笑着，"没问题，去吧。我一定会到。你若爽约，我可不答应。"

他的笑声留在耳边。我知道自己唯一能对抗这笑声的，只有谁都看不见的强作微笑。然而我现在还有一线希望或者毋宁说是迷信。这是一种危险的迷信。我仅为虚荣心而不惜冒险，这虚荣心就是不愿被人认为二十三岁尚未破身。

现在回想起来，我做出决定的日子正好是我的生日。

我们以相互探寻的表情打量对方。他知道自己今天无论是做出一本正经的还是嗤笑的表情，看起来都是同样程度地滑稽，于是便从带着暧昧的嘴角不断喷吐香烟的烟雾，然后又对这家店里点心的不地道发表了几句可有可无的意见。我没细听他的话，只是说道：

"你也有心理准备吧？第一次带我去那种地方的人，不是成为我一生的朋友就是成为我一生的仇敌。"

"你别吓我。你也知道我这人胆小，可不配当你一生的仇敌。"

"你只要知道这点，就是值得赞赏的。"

我故意摆出一副盛气凌人的架势。

"且不说这了。"他做出主持人的表情，"咱们得找个地方喝两杯。对初次的人来说，不借酒壮胆是不行的。"

"不，我不想喝酒。"我觉得自己的脸上发凉，"我绝对不用喝了酒再去，这点胆量还是有的。"

然后我们乘坐阴暗的公营和私营轨道交通工具，经过了陌生的车站和街道，来到一处寒碜的木屋街的一隅。紫色和红色的灯光下，女人的脸看起来像纸糊的一样，嫖客们默默地互相擦肩而过，鞋子踩在冰融后潮湿的街路上发出的声响好似赤脚走路一般。

没有任何欲望，只有一种不安感让我焦灼，就像小孩等着吃点心时的那种焦灼。

"随便哪家，随便哪家都行。"

我急于要从女人们故作喘息般的揽客声中逃离。

"这家的妓女危险，那家比较安全，那样的长相你能接受吗？"

"随便什么长相都行。"

"那么我就要那个相对好看点的了，你事后可别怨我。"

一待我们走近，两个女人便着了魔似的站了起来。屋子太矮，一站起身来便头碰屋顶。一个东北口音的高个女人露出金牙和牙花笑着把我劫持到一间三铺席大小的房间里。

我出于义务观念去抱女人。我抱着她肩膀准备接吻时，她摇着厚厚的肩笑着说：

"不行，会把口红蹭掉的。应该这样……"

娼妇张开涂着口红镶着金牙的大嘴，把硬邦邦的舌头像棍子一样伸出来，我也学样伸出舌头，舌尖相碰……外人可能不知，有一种叫作无感的东西近似于强烈的痛楚。我感觉自己的全身因一种强烈的痛楚——而且是一种全无感觉的痛楚——而麻痹。我把头倒在了枕头上。

十分钟后，我的无能已被确定，羞耻使我的膝盖打战。

在假定朋友不曾发现的情况下，后来的几天，我索性自甘堕落地沉浸于一种病愈似的感情中，近似于一直担心患了不治之症的人在确定了病名后反倒可体味的那种一时的放心感。他清楚地知道这种安心不过是暂时的，而且他的内心还在等待着一种更加无以回避的、绝望的，但因而也是永续性的安心。我可能也是在等待着一种更加不可回避的打击，换言之也就是一种更加不可回避的安心吧。

之后的一个月中，我与那位朋友在学校见过几次面，彼此都不提那事。一个月后，他带了一位和他一样喜欢女人的朋友来，那人也是我的好朋友。这位青年经常到处夸口说自己十五分钟就可搞定一个女人。我们终于谈到了应该谈的话题。

"我已经受不了了，都不知该拿自己怎么办了。"这位好色的同学紧盯着我的脸说，"假若我的朋友中有哪位是 Impotenz[1]，我会羡慕他的，岂止是羡慕，简直就是尊敬了。"

看出我变了脸色，我的那位朋友转变话题：

"你说过要借给我马塞尔·普鲁斯特[2] 的书。那书有意思吗？"

"啊，有意思。普鲁斯特是个 Sodom[3]，与他的男仆有关系。"

"什么？ Sodom ？"

---

1. Impotenz，德语，性无能。

2. 马塞尔·普鲁斯特（Marcel Proust, 1871—1922），法国作家，代表作是自传体长篇巨著《追忆似水年华》。

3. Sodom，索多玛，原是旧约圣经中记载的一个罪恶之地，那里的人不忌讳同性性行为，此处借指男性同性恋。

我装作不懂。我知道自己是在尽力用这小小的反问来向自己证明我的失态未被别人觉察。

"Sodom 就是 Sodom 嘛，你不知道吗？就是指好男色的人。"

"我第一次听说普鲁斯特是这样的人。"

我感觉自己的声音在发抖。倘若我表现出愤怒，等于给了对方确实的证据。我没来由地害怕起自己竟能容忍这种理应引以为耻的表面上的平静。显而易见，我的那位朋友已经有所察觉，也许是出于心理作用，我觉得他在强使自己不看我的脸。

晚上十一点，这两位可恨的来客回去以后，我把自己关在屋里啜泣，一夜未眠，最后依旧是那个血腥的幻想过来抚慰我，我任凭这个最为亲近而又残忍非道的幻影将自己击溃。

我需要安慰，明明知道只有空洞无物的清谈和无趣的回味，我却仍屡屡抛头露面于旧友家里的聚会。这种聚会的参与者不同于大学同学，都是些体面人物，这反而让我觉得轻松。那里有装腔作势的小姐，有未来的女高音歌手和女钢琴家，还有新婚的年轻太太。我们跳舞，喝一点酒，做些无聊或多少带点色情意味的游戏，有时玩个通宵。

到了黎明时分，我们常常一边跳舞一边就睡着了。为了醒困提神，我们在屋里放了几张坐垫，以突然停止的唱片为信号，跳舞者围成的圆圈就散开，每对男女各占一个坐垫坐下，没有配对坐下的那个人就要表演节目。原来站着跳舞的人们互相缠在一起坐到地板的坐垫上，于是一片混乱。几轮玩下来，女人们也就不顾体面了，最漂亮的小姐跟别人缠在一起一屁股坐下，裙子掀到大腿之上，她也借着微醺全然不顾，腿上的肉白得晃眼。

若是以前的我，可能会凭着须臾不忘的演技，和别的青年一样，突然间把目光从女人的腿上移开，就像惯于从自己的欲望中转身而去。但我自那天以后，便变得不再是以前的我，没有了一点羞耻心，也就是丝毫不再羞于自己的天生无羞耻。我紧盯着那白腿，就像是在观察某种物质。突然间我因这凝视而生出一种痛苦，这痛苦告诉我："你不是人。你的身体不可与人交往。你是一种非人的生物，令人悲哀而不可思议。"

刚好进入了文官录用考试的迎考期间，使我尽可能地埋首于枯燥无味的复习之中，身心都得以自然而然地远离那些折磨自己的事情。但这只限于最初的阶段而已，那晚之后的无力感渗入生活的每一角落，我接连数日因内心的郁闷而什么事都不能做。我觉得必须向自己证明某种可能性，而且这种念头与日俱增，以致觉得不如此将无法再活下去。尽管如此，我却找不到自己有什么天生的背德的手段可资利用，在这个国家没有机会让我以哪怕是稍微稳当一点的形式满足自己异常的欲望。

春天来了。我平静的外表下积蓄着狂躁，觉得挟带沙尘的强风象征着季节本身也在与我为敌。汽车从我身边擦过时，我会在心中怒吼："为何不把我轧死？！"

我乐于把被动的用功和被动的生活方式强加于自己。用功之余走到街上时，我充血的眼睛常常感到来自路人的疑惑的目光。在别人眼里，我如正人君子般度过每天，可是我自己却感到一种蚀骨的疲劳，其中包含着自甘堕落、放荡、得过且过的生活以及发馊的怠惰。可是，春天即将结束时的一个午后，我在乘坐都营电气列车时意外地被一阵悸动所袭，令人喘不过气，又令我有一种清冽之感。

从站着的乘客之间的空隙中，我发现对面的座位上园子的身影，稚气的眉毛下有着一双率真、质朴、带着一种难以形容的优雅的眼睛。正在我要站起来时，一位站着的乘客松开拉环向门口方向挪动，于是我从正面看到了那位女子的脸，她并不是园子。

我的胸中仍在骚动，这种悸动固然可以轻易地解释为单纯的愕然或因愧疚而起，但这样的解释却无法抹杀我刹那间的激动所具有的纯洁性。我突然想起三月九日早晨在月台看到园子时的激动，这次与那次完全一样，就是一回事，连那种被击溃般的悲哀都相似。

这些琐碎的记忆已经变得无法遗忘，在之后的数日中都活生生地震撼着我。不可能，我不可能还爱着园子，我是没法去爱女人的。这样的反省反而引起我的抵抗，虽然到昨天为止，这种反省还曾是唯一忠实并顺从于我的东西。

这些回忆突然在我内部夺回权力，这种哗变采用了明显的痛苦形式。这些应在两年前就已被我妥当处理的

"琐碎"记忆，如今就像一个长大后现身的私生子，让我必须重新认识眼前这长得异常巨大的家伙。这种情形不像我常常想象的那样甜美，我也没法在事后用事务性的权宜之计进行处理。一种明了的痛苦贯穿了记忆的每个角落，如果那是悔恨，那么很多先人已经为我找到了忍耐之策，但这痛苦甚至不是悔恨，而是一种异常清晰的痛苦，就像被迫从窗口俯视街路上夏天的骄阳一样。

一个阴郁的梅雨天下午，在平常很少涉足的麻布町办事并顺便散步的时候，身后突然有人叫我的名字，那是园子。我回头认出她时，并不像在车上把别的女人误认作她时那样惊愕。这次偶遇极其自然，我觉得自己能够预知一切，似乎这一瞬间我在很久以前便已知悉。

她穿着连衣裙，除了胸前开口处的蕾丝外再无任何装饰，裙子的图案像花哨的壁纸一样，从外表看不出已为人妻的样子。可能是从配给所回家的途中，她手里提着一个桶，还有一个老妇也提着桶跟在后面。她打发老妇先回去，然后与我边走边聊。

"你瘦了一些。"

"是的，正在应考复习。"

“是吗？得注意身体呀。”

我们沉默了少顷。在战火中幸存的住宅街的幽静道路上，开始有淡淡的阳光照射。一只湿漉漉的鸭子从一户人家的厨房门摇摇摆摆地跑出来，叫着经过我们面前，沿着水沟往前走去。我有一种幸福感。

“你在看什么书？”我问。

“小说？有《食蓼虫》……还有……”

“你没看 A 吗？”

我说出流行小说《A……》的书名。

“那个裸体女人？”她说。

“诶？”我吃惊地反问。

“我不喜欢……那封面的画。”

——两年前，她与我面对面时还说不出“裸体女人”这样的词语，从话语间这些细枝末节，让人痛感园子已不再纯洁。来到转角处，她站下说：

“从这里转弯走到头就是我家了。”

分手让人难受，我把低垂的视线转向了桶，桶里挤挤挨挨地装着魔芋，在阳光下很像洗海水浴的女人那身被阳光灼晒过的肌肤。

“魔芋在阳光下时间长了会烂的。”

“是这样的，责任重大呀。”园子带着鼻音高声说。

“再见。”

“嗯，多保重。”她转过身去。

我叫住她，问她回不回娘家，她若无其事地告诉我这个星期六要回去。

分手以后，我才意识到先前一直不曾在意的事情：从她今天的表现来看，似乎已经原谅我了。为何要原谅我？难道还有比这种宽大更严重的侮辱吗？但若能再一次面对她的直接侮辱，我的苦痛也许会得以疗愈。

星期六的来临让人觉得特别难等。草野刚好也从京都的大学回到自己的家。

星期六午后与草野交谈期间，我不敢相信自己的耳朵，我听到了钢琴声，已经不是那种稚拙的音色，而是一种丰富、奔放的声音，充实而响亮。

“谁？”

“是园子。今天回家了。”

一无所知的草野这样回答。我带着痛苦把所有的记忆在心中一一召回。对于我那时的婉拒，草野在事后从未提及一句，他的这种善意让我有一种沉甸甸的感觉。我想得到园子当时苦恼的证据，哪怕只有一点点，也可视作我的不幸之对应物，可是"时间"再一次似杂草般在草野、我及园子之间疯长，已禁止任何有悖自尊、面子和虚礼的感情得到表白。

琴声停止了,善解人意的草野说要带她过来。一会儿，园子和她哥哥一起走进我在的房间，三人谈着园子丈夫供职的外务省里一些熟人的事情，无意义地笑着。草野被他母亲叫走，剩下我和园子两人，就像两年前的那天一样。

她告诉我，由于丈夫的尽力，草野家的房子被免征收，说话间像孩子般不无得意。从她的少女时代，我就喜欢她对我讲自己得意的事情。太谦逊和太骄傲的女人同样没有魅力，而园子那种落落大方、恰到好处的得意，却飘溢着一种不带城府、令人愉悦的女人味。

"有一件事……"她语气平静地继续说，"我一直想问你，却又一直没问。我们为什么不能结婚呢？自从哥哥把你的回复告诉我，我就没法理解世上的事情了。我每天都在思考这事，却总也想不明白。直到现在，我也还是不懂自己为何不能和你结婚……"

她好像是在生气，把微红的脸对着我，然后又转过脸去，像朗读似的说：

"你讨厌我吗？"

这种单刀直入的问话也许可以当作一种事务性的查问，但我内心却以一种剧烈而痛苦的喜悦接受它，但这反常的喜悦立时又变成了苦痛。其实这是一种微妙的苦痛，除了本来的苦痛外，还有一种因重温两年前的"琐碎事件"而使自尊心受到伤害的苦痛。我希望在她面前能有自由，结果依然没有这个资格。

"你对世间的事情还完全不了解，你的优点也正在于这种不谙世故。世上互相喜欢的情侣不一定都能结婚，正如我在给你哥哥的信中所说，而且……"我觉得自己将要说出的话是软弱无力的，想闭口不说，却又无法打住，"……而且，我在那封信里并没明确表示不能与你结婚。我才二十一岁，又是学生，这事来得过于突然……在我犹豫不决的时候，你却这么快就结婚了。"

"作为我来说，也没有后悔的权利。我丈夫爱我，我也爱他。我真的很幸福，没有其他奢望，不过有时还是会有不该有的念头……我不知该怎么说才好，有时候我会想象着另一个我过着另一种生活。每当这种时候，我就会觉得迷茫，觉得自己想说不该说的话，在想不该想的事，并因此而十分害怕。这种时候，我的丈夫便成了我的依靠，他把我当孩子般疼爱。"

"这种时候你一定憎恨我，非常恨我吧？尽管我这么说可能有点自作多情了。"

园子甚至连"憎恨"的意义都不理解，她以温和而认真的表情坚持说：

"你就按你的意愿去想象吧。"

"咱俩能不能单独再见一次？"我迫不及待地央求，"也不是什么见不得人的事，只要看到你的样子我就满足了。我也没有资格再说什么，可以不吭声，只要三十分钟就行。"

"见面又能怎样？见了一次，你就不会提出再见一次？我婆母很啰唆，我去哪里，去多长时间都要一一盘问。在如此拘束的情况下见面，万一……"她欲言又止，"谁也难说人心会发生什么变化。"

"是的，谁都难说。不过你也太一本正经了，一点都没变。考虑问题就不能更开朗一些、轻松一些吗？"

我自己也实在是言不由衷。

"……男人可以这样，结了婚的女人却不能，等你有了妻子后一定就会明白的。我认为，考虑事情无论怎样谨慎都不为过。"

"你的说教真像是我的姐姐。"

——草野进来，谈话中断。

在这样的谈话中，我心中集聚了无限的狐疑。神明在上，我是真心想见园子，但其中显然不存些许肉体的欲望。那么想见面的欲求属于哪种欲求呢？这种显然没有肉欲的热情，难道不是一种自欺欺人吗？即使这是真的热情，也不过是易于熄灭的微火，我只是在充满炫耀地煽动它，不是吗？难道真有不涉肉体欲望的爱情？这岂非明显有悖情理？

但我又想，假如人的热情具有任何立足于悖理之上的力量，就不能断言它没有力量可以立足于热情自身的悖理之上。

在那个决定性的夜晚之后，我在生活中巧妙地避开了女人。自从那晚之后，我不曾碰过一个女人的嘴唇，更不用说能真正激发我肉欲的 ephebe 的嘴唇了。即使遇到不吻反倒会被视作失礼的场合也不例外。

夏天的到来比春天更加威胁我的孤独。盛夏仿佛给我奔马般的肉欲抽了一鞭，我的肉体受着灼烤和折磨。为了保身，我有时一天必须施行五次恶习。

希斯菲尔德把倒错现象完全作为单纯的生物学现象来解释，我就是被这种学说开蒙的。那决定性的夜晚也是一种当然的归结，而非可耻的归结。我对想象中的 ephebe 的嗜欲，从来不曾以 pedicatio[1] 作为对象，而是固定为一种形式，研究家已经证明它和 pedicatio 具有大致相等的普遍性。在德国人中，我这样的冲动并不鲜见，普拉腾伯爵[2] 的日记是最明显的一例，温克尔曼[3] 也是如此。在文艺复兴时期的意大利，米开朗琪罗明显与我具有同一系列的冲动。

---

1. pedicatio，拉丁语，男色。
2. 普拉腾伯爵(August Graf von Platen,1796—1835)，德国诗人、戏剧家。
3. 温克尔曼(Johann Joachim Winckelmann, 1717—1768)，德国美学及美术史学家。

可是我的心灵生活并未因这些科学方面的知识而得以平静。倒错就我来说之所以不易成为现实，是因为其仅局限于肉体的冲动，限于徒然的喊叫、喘息之类的暗中冲动而已，即使是我喜欢的 ephebe，也仅限于激起我的肉欲，用一种肤浅的说法就是，我的灵魂还是属于园子的。我虽不至于轻易相信中世纪那种灵肉相克的图示，但为了便于解释，我还是会采取这种说法。对我来说，灵肉两者的分裂是单纯的、直接的。我爱正常性，爱精神层面的东西，爱永恒的东西，而园子则是我这些爱的化身。

可是仅此，问题还是没有解决，感情不喜欢固定的秩序，它宛如以太中的微粒子，喜欢自在地跳跃、浮动、战栗。

经过一年，我们清醒了。我通过了文官录用考试，并在大学毕业后到某政府机关担任事务官。在这一年中，我们有时好像是偶然，有时则以一些无关紧要的事情为借口，每隔两三个月可以在白天得到一次一两个小时的机会，淡淡地相会，淡淡地道别，仅此而已。我做出一副被谁看见都不以为耻的样子，园子则除了提及一些琐碎的往事以及对我们相互的境遇做一些有分寸的揶揄之外，从不涉及其他话题。我们这种交往，不仅谈不上很深的关系，连普通的交情都算不上，连见面的时候两人都净是在考虑如何清清爽爽地告别。

我对此很是满足，不仅是满足，甚至想为这种脆弱的关系中神秘的丰富性找个对象表达感谢。我没有一天不想园子，每次见面都享受到一种安宁的幸福，相见时那种微妙的紧张和洁净的匀整渗及我生活的每个角落，使我觉得把一种极其脆弱而又极其透明的秩序带进了自己的生活。

但是过了一年，我俩终于觉醒。我们不再生活于儿童房，我们已是成人房的住民。成人房的门若是不能完全关上，就必须马上修理。我们的关系始终像一扇只能开到一定程度的门，这种关系早晚得修理。何况大人不像小孩那样能够忍受单调的游戏，我们经历的几次见面若放在一起看，就像一副叠合的纸牌，每张都是同样大小，同样厚薄，一成不变。

我在这种关系中不动声色地体味着只有自己知道的

失德的喜悦，这种失德比世上一般的失德更加微妙，是一种如同精妙的毒素似的清洁的恶德。我的本质、我的第一义是失德的，其结果是，对于那些被人看作道德之行以及无可指摘的男女交往、光明正大的手续和德操高尚的人，我反倒喜欢去体味其中隐藏的背德的秘密，这种恶魔的体味蛊惑着我。

我们相互伸手支持某一东西，这种东西是一种类似于气体的物质，信其有就有，信其无就无，支持它的作业看似简单，其实是一种精巧算计的结果。我使人为的"正常性"出现在这个空间，诱惑园子去完成一项危险的作业，即在千钧一发之际支撑住几乎是架空的"爱"。她看似不知内情而为我的这个阴谋助力，大概唯其不知情，所以她的助力就可有效吧。但园子有时也会依稀地感觉到，这种难以名状的危险与世间一般简单的危险相似而又不似，具有一种准确的精密和难以摆脱的力量。

夏季的一天，我与从高原避暑回来的园子在"金鸡"西餐厅约会，见面后我立即谈起自己从机关辞职的原委。

"你以后怎么办？"

"随遇而安吧。"

"我真没想到。"

她不再深入话题，我们之间已形成了这样的习惯。

晒过高原的阳光，园子胸前肌肤那炫目的白皙已经消失，戒指上过大的珍珠因为暑热而蒙上了一层荫翳。她高亢的语调天生具有一种哀切和倦怠的音乐感，听来与这季节十分相称。

我们继续了一会儿无意义、不得要领、虚与委蛇的谈话，可能是太热的缘故，这种谈话时时会让人觉得是在白费精神。我此时的心情像是在听旁人说话，又似刚刚睡醒时还想回到先前的美梦中去，于是拼命努力重新入睡，结果却反倒使得好梦重温成为不可能了。那种被无端弄醒时的扫兴和不安，那种好梦初醒时虚妄的愉悦，我看到了这些感觉像某种恶性病菌似的侵蚀着我俩的心。疾病像合谋似的几乎同时来到我俩的心，又逆反地让我们来了精神，两人你一句我一句地开着玩笑。

在高高梳起的优雅发型下，园子那稚气的眉毛、温润的眼睛和略厚的嘴唇，虽被日晒破坏了几分安详，但仍如往常洋溢着一种宁静之感。餐厅的女客经过我们桌旁时都会留意到她。服务员捧着银盘来回穿梭，盘中冰雕的大天鹅背上放着冰冻点心。园子用戒指闪亮的手指碰响了塑料手提包的金属扣环。

"已经乏味了吧？"

"别这么说。"

我从她的语调听出一种不可思议的倦怠，这种倦怠用"光艳"来形容也不为过。她把目光移向窗外夏天的街树，缓慢地说：

"有时我自己也不明白，和你这样见面到底是为了什么。尽管这样想，结果还是见了。"

"因为至少不是无意义的负数吧，哪怕肯定是一种无意义的正数。"

"我已经有丈夫了，即使是无意义的正数，我也没有'加'进去的余地了。"[1]

"这种数学太死板了。"

——我意识到园子终于来到了困惑的门口，她开始觉得门不能继续这样半开着了。如此看来，现在这种矜

---

1. 这里的"正数"和"加"都用了英文"plus"表示。

持的敏感也许已经占据了我与园子之间共识的大部分。我毕竟还远远没到万事皆可随遇而安的年龄。

可是，我这种难以名状的不安已不知不觉地感染了园子，而且园子下面所说的话让我觉得一种明证突然放在了我的面前，证明这种不安的感觉也许已是我俩唯一的共识。我不想听园子这话，却又信口做了轻率的应答。园子说：

"你觉得照这样下去，我们会有怎样的结果？你不觉得我们会被逼到不可自拔的地步吗？"

"我对你尊重，所以觉得无愧于任何人。朋友之间的见面有何不可？"

"至今为止的情况确实如你所说。我觉得你很了不起，但今后的事难以逆料呀。我们没做一件可耻的事，但我常常会做噩梦，梦中觉得神在惩罚自己未来之罪。"

"未来"两字清晰入耳，令我战栗。

"照此下去，我想终有一天双方都会痛苦，待到痛苦之时，岂不为时已晚？我们现在所做的事情难道不像是在玩火吗？"

"你说的'玩火'是指什么？"

"各种事情。"

"有这样的玩火吗？我看倒像玩水。"

她没笑，说话间常常紧绷嘴唇，以致让嘴唇变得弯曲："我最近开始觉得自己是个可怕的女人，总觉得自己是个精神污秽的坏女人。除了自己的丈夫，我对任何人都不应有非分之想，哪怕是在梦中也不能。我已决定今年秋天去受洗。"

我从园子这半似自我陶醉的告白中反倒忖度出一种无意识的欲求：她想要悖逆女人应持之心，说出不该说的话。我对此既无资格高兴，亦无资格难过。我对她的丈夫本无丝毫嫉妒之感，又哪能去动用、否定或肯定这种资格或权利呢？我默然。正值盛夏，看到自己苍白细弱的手，我有一种绝望感。

"那么你现在怎样？"我问。

"现在？"她低垂眼帘。

"现在想着的是谁？"

"……是我丈夫。"

"那就没必要受洗了。"

"有必要……我害怕。我还是觉得自己的内心非常动摇。"

"那么现在怎样呢？"

"现在？"园子抬头，眼神十分认真，像是在向并非特定的对象提问。这对瞳眸之美世间稀有，仿佛寄寓着深邃的宿命，一眨不眨地讴歌着泉水般流露的感情。面对这对瞳眸我总是失语。我把刚抽的香烟猛地掐灭在稍远的烟灰缸里，并碰翻了细长的花瓶，使桌面浸在水中。

服务员过来处理泼翻的水。看到他擦拭因水而起皱叠的桌布，我们心里都不舒服，这便成了我们提前离开店里的机会。夏天街上的杂沓格外烦人，健康的情侣们挺胸露臂地来来往往，这所有的一切都让我感觉受到轻侮，轻侮感像骄阳一样炙烤着我。

三十分钟后将是我们分手的时刻，虽然很难断言是否因分别而致的难受，一种会被误认为热情的、晦暗的神经质焦躁，令我想用油画的浓厚颜料涂满这三十分钟。舞厅的扩音器把狂野的伦巴舞曲洒向街路，我在舞厅前停下脚步，因为脑海中浮现出从前读过的诗句：

……可是即便如此

那是不会结束的舞步

这诗的其余部分我已忘记，但肯定是安德烈·沙尔蒙[1]的诗句。园子同意了，为了跳三十分钟的舞，她跟我进了陌生的舞厅。

舞厅里挤满了为跳舞而将自己的午休时间任意延长一两小时的常客，热气扑面而来。换气装置本来就不完备，为了避光又装上厚重的窗帘，场内沉淀的暑热令人窒息，灯光下的尘埃像雾一样在热气中阴沉沉地飘动。舞客们一面散布着汗水、廉价香水和发油的气味，一面自得其乐地跳舞，不说也可知道这都是一些什么层次的人了。我后悔把园子带来这种地方。

但现在已经无法回头，我们很不情愿地挤进跳舞的人群中。为数有限的几台电扇根本送不来像样的风，舞女和身穿夏威夷衫的小伙子将汗津津的额头贴在一起跳着，舞女的鼻翼乌黑，白粉被汗水浸成颗粒，看上去像

---

1. 安德烈·沙尔蒙（Andre Salmon, 1881—1969），法国诗人、美术评论家。

是疹子，衣裙的背后比先前那桌布更湿更脏。在这里不管跳不跳舞胸口都会冒汗，园子难受地喘着短气。

为了到外面换口气，我们穿过用不合节令的人造花装饰的拱门，来到中庭，坐在粗糙的椅子上休息。这里虽能空气流通，但是水泥地面被晒后反射的热气，给阴影下的椅子都带来了强烈的热量。我们的嘴里还沾着可口可乐的甜味。先前我觉得所有的一切都是对我的轻蔑，现在我感到这种轻蔑造成的痛苦正让园子也默不作声。我受不了这种沉默的持续，便把目光移向我们的周围。

一位胖小姐用手帕扇着胸前，懒懒地靠着墙壁。爵士乐队奏着急促的快步舞曲。中庭盆钵中的冷杉斜插在已经干裂的土中。阴影中的椅子已座无虚席，阳光下的椅子则几乎无人问津。

只有一组人占了阳光下的椅子，旁若无人地谈笑着。那是两个女孩和两个小伙子，其中一个女孩用生疏的动作抽着香烟，每当她以做作的姿势把香烟拿到嘴边，便会伴有一阵轻咳。两个女孩所穿怪怪的连衣裙都像是浴衣改制的，两臂裸露在外，红红的手臂像是渔家姑娘的那种，满是虫叮的痕迹。听到小伙子粗鄙的玩笑，她俩就会表情夸张地相视而笑，似乎并不特别在意头顶所受的夏天的日晒。小伙子中的一人脸色偏白，表情阴险，穿着夏威夷衫，臂膀倒是十分强壮，嘴边不断地闪现猥琐的笑意。他用手指去戳女孩的胸，引女孩发笑。

我的目光被另一位小伙子吸引，他二十二三岁，形象粗野，肌肤浅黑，脸型端正，光着上身在重裹围腰，白布围腰已被汗水浸成灰色。他不住地加入同伴间的说笑，一面故意似的用缓慢动作裹着围腰，裸露的胸部显示出紧实的肌肉，肌肉形成的立体形深沟从胸部中央往下延展到腹部，侧腹的肌肉像粗绳结成的网状，从左右两边收窄盘曲。他那光滑而充满热量的胴体被脏兮兮的白布围腰勒得紧紧的，裹得紧紧的，阳光灼晒过的裸肩像涂了油似的闪闪发亮，腋窝深处露出的黑草丛在日光下蜷曲着发出金光。

看到这个情景，尤其是看到肌肉紧绷的手臂上牡丹图案的刺青时，我被一阵情欲所袭。热切的视线固着在这粗犷、野蛮却又美得无与伦比的肉体上。他在阳光下笑着，仰起头时可以看到他颈部隆起的粗大喉结。一阵奇异的悸动掠过我的心底，我已无法从他身上移开自己的目光。

我忘了园子的存在，心中只想着一件事，想着他光着上身走到盛夏的街上和流氓战斗，锐利的匕首穿过肚兜刺入他的躯体，那脏兮兮的围腰被血潮染成美丽的色彩，他血污的尸体被放在门板上又抬到这儿……

"还剩五分钟了。"

园子高亢哀切的声音穿过我的耳朵。我转向园子，一副不解的神情。

这一瞬间，我的内部有某个东西被残酷的力量撕成两块，就像雷电劈裂了活树。我听到自己至今殚精竭虑营造的建筑物轰然倒塌的声音，好像看到了自己的存在刹那间被一种可怕的空缺所替代。我闭上眼睛，瞬间被一种冰冻似的义务观念所控制。

"只剩五分钟了？不该带你来这种地方的。你不生气吗？你这样的人不应看到那样低劣的家伙那样低劣的样子。这里的舞厅管理不严，到底还是没能挡住那些家伙不花钱来跳舞。"

其实在看的人只有我自己，她并没看。她所受的教育让她不会去看不该看的东西，她心不在焉地看到的只是一排观舞者的后背。

话虽如此，这种场合的氛围似乎还是让园子的内心在不知不觉间起了某种化学变化，她拘谨的嘴角渐渐浮现一种微笑的征兆，就像要说什么之前先以微笑作为试探。

"我想问你一个不该问的问题，你已经那个了吧？你当然知道已经指的是什么。"

我已经力竭，但内心还剩有一种发条似的东西，它使我不假思索地回答：

"嗯……你知道了？真遗憾。"

"什么时候的事？"

"去年春天。"

"和谁？"

——这优雅的问题让我惊愕。她只知道把她也认识的女人与我联系在一起考虑。

"不能说名字。"

"是谁？"

"别问了。"

大概听出我在言外有着一种露骨的哀求之意，她顿时沉默，像是吃了一惊。我尽了最大努力不使对方看出我已面无血色。我们等待着分手的时刻，卑俗的布鲁斯舞曲揉搓着时间。我俩在扩音器传出的感伤歌声中一动不动。

我与园子几乎同时看了手表。

时间到了。我站起来时再一次偷看阳光下那张椅子，那几个人看来是去跳舞了，阳光下留着一张空椅，桌上泼洒的饮料反射着刺眼的光亮。

一九四九年四月二十七日

三岛由纪夫 经典作品

《假面的自白》
《潮骚》
《金阁寺》

后浪微信 | hinabook

筹划出版 | 银杏树下
出版统筹 | 吴兴元 | 编辑统筹 | 周　茜
责任编辑 | 林培秋 | 特约编辑 | 许明珠　袁艺舒
装帧设计 | 墨白空间 · 陈威伸 | mobai@hinabook.com
后浪微博 | @后浪图书
读者服务 | reader@hinabook.com 188-1142-1266
投稿服务 | onebook@hinabook.com 133-6631-2326
直销服务 | buy@hinabook.com 133-6657-3072

 后浪出版咨询 (北京) 有限责任公司
POST WAVE PUBLISHING CONSULTING (BEIJING) CO.,LTD